AF392653

EL SUEÑO DE NAUZET

JOSÉ DORTA

EL SUEÑO DE NAUZET

EXLIBRIC

ANTEQUERA 2021

JOSÉ DORTA

EL SUEÑO DE NAUZET

Este libro va dedicado a ese ser maravilloso que me dio la vida. Ese ser de luz que siempre ha estado en las buenas y en las no tan buenas y que me demuestra su amor incondicional cada día. Mi madre.

Prólogo

En primer lugar quiero agradecerle a mi gran amigo José F. Dorta la oportunidad que me brinda de poder leer este libro antes de ser publicado. Me siento afortunado de haber disfrutado de este maravilloso viaje, en el que en muchas ocasiones mientras lo leía me he sentido identificado con el personaje, con algunos de los lugares, pero sobre todo con la época en la que transcurre esta fabulosa historia.

Cómo no mencionar que el autor, al cual conozco hace ya muchos años, es un hombre emprendedor y soñador; un hombre de servicio que está siempre dispuesto a ayudar y aportar al prójimo, y este libro es un fiel reflejo de ello.

Amigo lector, te invito a que te sumerjas en esta maravillosa historia, en este viaje lleno de sueños, de determinación, de propósito; a que te sumerjas en el gran aprendizaje que nos brinda el autor a través de Nauzet, el personaje principal de esta historia y de su valentía, de su astucia, de su positivismo, de su sentido de aventura y de su carácter emprendedor. Con una idea clara de vivir el momento, el ahora, de valorar cada segundo, cada minuto en el caminar diario por la vida, sacándole el máximo provecho a todas las oportunidades que se le presentan.

Se trata de un relato que te inspira en cualquier momento o en cualquier situación a salir de tu ostracismo y te invita a luchar en tu vida por lo que desea fervientemente tu corazón, sin miedos, sin ataduras, sin prejuicios.

Todos tenemos algo de Nauzet y quiero darte la bienvenida al principio de un nuevo caminar para soñar y creer en ti mismo y que puedas disfrutar de esta historia tanto como lo he hecho yo.

Gracias, José F. Dorta.

Tu amigo, socio y emprendedor,
Jesús Sobrino Obregón

El poder de una historia

¿Cuántas veces una historia ha transformado nuestras vidas? Estoy seguro de que muchas.

Siempre he pensado que una historia puede tener un gran impacto en nosotros como seres humanos. El otro día, mientras iba en la guagua, tuve tiempo de reflexionar sobre ello, sobre con cuántas historias nos habremos sentido identificados y con cuántas habremos aprendido cosas sin nisiquiera haberlas vivido, solo por el simple hecho de ponernos en ese lugar, de practicar el poder de la empatía.

En este libro encontrarás una historia desarrollada por un autor que conozco muy bien (ya que es mi padre desde los 8 años) y cuya evolución he tenido la oportunidad de vivir. Un hombre de gran corazón, bondad y que a través de la escritura ha encontrado una forma de expresar su grandeza.

Me siento enormemente agradecido por la oportunidad que me brinda de escribir estas palabras y me gustaría decirte que si quizás has perdido ese deseo de soñar y dejarte llevar por las señales, esta maravillosa historia te hará emprender un viaje en el tiempo y te llevará a vivir una aventura sin igual.

El sueño de Nauzet es una de esas historias que no te dejan indiferente, una historia que te inspira a soñar, a ser arriesgado, a volar, a perder miedos y luchar por nuestros sueños. Una historia digna de leer y disfrutar.

¿Preparado?

Michael Rojas

EL SUEÑO DE NAUZET

Primera parte

Era una mañana iluminada que se desperezaba por un sol como solo se puede ver en las islas afortunadas. El mes de abril había sido lluvioso, como bien reza el dicho. Y todo lo que alcanzaba la vista tenía un verdor maravilloso, pocas veces visto por estos lares. La hierba había crecido grandemente, las aulagas[1] estaban florecidas por ese manto amarillo tan hermoso, y los balos[2] verdes, como nunca.

Se podían vislumbrar los conejos salvajes degustando sus últimos brotes de hierba antes de volver a sus madrigueras a refugiarse durante el día, para volver a salir durante la noche.

Nauzet[3] observaba atónito el espectáculo, maravillado de ese hermoso amanecer, aunque él llevaba ya mucho tiempo levantado, como cada día. Seguía sorprendiéndole observar cómo las sombras iban desapareciendo por la voluntad del astro rey.

Nauzet se levantaba cada día a las cuatro de la madrugada. Era una costumbre que le había enseñado su padre desde que tenía seis años y, aunque él ya no estaba, Nauzet seguía levantándose tan temprano porque tenía que ordeñar sus cabras con la estimable ayuda de su madre, Tirma[4].

Ese era el medio de vida de su familia desde tiempos inmemoriales. Su familia siempre fue sencilla y de pocos recursos, pero eran muy trabajadores y emprendedores.

Tenían una huerta al lado de su casa donde araban la tierra y sembraban todo tipo de tubérculos y verduras: papas, cebollas, tomates, zanahorias… Y todo lo sembrado estaba rodeado de hermosos árboles frutales, tales como un limonero, un naranjero, un manzano y varias plataneras.

Era una familia muy estimada y valorada en el pueblo de San Isidro de Abona, que es donde vivían.

San Isidro había pasado de ser un barrio dividido por caseríos a ser un pueblo próspero donde se asentaban personas de todas partes: árabes, ingleses, alemanes y los propios canarios venidos de otras islas o de otros municipios.

Su área urbana estaba atravesada por la carretera general llamada la avenida Santa Cruz, que enlaza con la autopista del sur. Esta carretera era la única que estaba asfaltada y flanqueada a ambos lados por tajeas por donde pasaba el agua cristalina, que se usaba para el riego. También por innumerables comercios que habían empezado a instalarse en toda la avenida Santa Cruz, dándole prosperidad y dinamismo al pueblo.

Antes de llegar a la calle Castro, que se encuentra en el centro del pueblo, se alza la ermita dedicada a san Isidro Labrador, que fue erigida hacia el año 1675. Esta es la construcción más representativa del pueblo y donde iban todos los domingos los fieles a escuchar la misa, que era presidida por el párroco don José.

Después de ordeñar a sus casi doscientas cabras, Nauzet se las llevaba a pastar a los campos cercanos, pues él vivía en la casa más alejada del pueblo, cerca de la autopista del sur. Su casa estaba parcialmente construida dentro de una cueva, constaba de tres habitaciones amplias que fueron perforadas en la montaña a pico y pala. En la otra parte se encontraban la cocina, el baño y un pequeño porche, que habían sido construidos con cantos blancos pegados con cemento a las paredes más salientes de la cueva.

La habitación de su madre era la más amplia con una gran cama de matrimonio y un tocador con un gran espejo insertado en madera de caoba labrada. En las paredes colgaban fotos en blanco y negro de los abuelos maternos y paternos muy desgastadas por el paso del tiempo. También, la foto enmarcada en plata del matrimonio de Tirma y su esposo, Adjoña[5]. En un lado, un armario de seis puertas que alguna vez estuvo abarrotado de ropa, pero que en ese momento solo alojaba la ropa de Tirma.

Su esposo había fallecido hacía algunos años atrás y había dejado un vacío muy profundo no solo en aquel armario, sino también en la vida de Tirma, en su hijo y en toda la familia.

En el otro lado de la habitación, había como una especie de santuario donde se erguían, dentro de una vitrina adornada con símbolos guanches[6], una serie de figuras talladas en madera que se notaban muy antiguas, siempre rodeadas de flores frescas que Tirma se encargaba de colocar.

En lo alto de la vitrina, colgada de la pared, una lanza para el salto del pastor[7] muy antigua hecha de madera de pino canario de tres metros de largo, totalmente labrada de pintaderas guanches[8] con una elaboración exquisita; pareciera que se había hecho con la mismísima mano de Dios, era algo grandioso. Esa lanza había pasado de generación en generación en la familia de Nauzet y ahora a él le correspondía el honor de poder recorrer los barrancos de su Tenerife natal con aquella maravilla. Aunque Nauzet, por respeto a su padre, no la había descolgado nunca. Siempre le decía a su madre que ya habría tiempo para cogerla, pero la verdad es que se entristecía mucho cada vez que la veía porque le recordaba a su padre.

Le venían recuerdos de su niñez, cuando lo acompañaba a pastorear las cabras al monte durante días recorriendo toda la isla de punta a punta. Se le venía a la mente aquella vez que subieron a las cañadas del Teide y de allí bajaron hasta las cumbres de Anaga, siempre con su lanza en la mano cruzando barrancos.

Lo recordaba siempre como un hombre fuerte con brazos musculosos, alto y con su cabello largo y rubio. Se quedaban a dormir en cualquier claro cuando oscurecía, donde siempre le contaba historias que hacían que se quedara dormido mirando el manto de estrellas que se abría ante sus ojos.

La habitación de Nauzet era como la típica habitación de un adolescente: una cama individual con su mesa de noche; una mesa de estudio con una silla; un armario sencillo de dos puertas, todo lacado en blanco con tonos azulados en las esquinas, y algunos pósteres de lugares donde quería viajar algún día.

Lo que más resaltaba era una gran biblioteca que, en gran parte, había heredado de su padre, pero que él mismo había agrandado porque era un gran aficionado a la lectura. También un equipo de música con tocadiscos donde escuchaba música de todo tipo, pero sobre todo clásica, aunque esto último no lo sabía sino su madre y la familia, porque no quería que sus amigos lo supieran; no quería pasar por un moñas o un rarito. Pero lo cierto es que pasaba mucho tiempo leyendo todo lo que le pasaba por las manos y escuchando a Johann Sebastian Bach, Mozart, Beethoven…

Como cada mañana, se escuchaba un silbido particular que las cabras enseguida reconocían y que las hacía salir en tropel una por una del corral que él y su padre habían construido al otro lado de la huerta. Era un corral muy básico que constaba de una empalizada de pinos gruesos que habían sido cortados a mano con un hacha, puestos en fila y amarrados con soga. Y en el techo habían hecho una estructura de caña para resguardarlas del calor abrasador del día.

Y con ellas, su amigo fiel, Pulgas, su perro pastor que siempre lo acompañaba, un labrador que llevaba con él muchos años, con sus inconfundibles manchas canelas.

Sus orejas conservaban muescas de las batallas con los machos cabríos que se hacían los rebeldes, sobre todo cuando las cabras entraban en celo. Tenía una ligera cojera en una de sus patas traseras, pero siempre era raudo y veloz para acompañar a su amado dueño.

Nauzet lo adoraba, pasaba muchas horas del día y de la noche con él, y era a quien le confesaba todos sus anhelos y sueños. Su compañero en las largas horas que pasaba en los campos. Era un animal noble que lo miraba como si de verdad estuviera escuchando sus palabras y muchas veces parecía que le iba a contestar. Era muy inteligente, más que algunas personas que él conocía.

Nauzet le daba sus últimos bocados a una deliciosa pella de gofio[9], que era lo que solía desayunar cada día junto con un buen tazón de leche de cabra. Parecía absorto en sus pensamientos.

—¡¡Nauzet, mi niño!! Se te va a hacer tarde para ir a la escuela —le gritó su madre desde una de las ventanas del viejo porche.

Aquel porche era minimalista. En una de sus esquinas había una mesita de hierro torneado que sujetaba un cristal y, encima, un viejo cenicero de bronce con forma de corazón que todavía guardaba cenizas de tabaco de puro, que era lo que solía fumar Adjoña.

Del techo colgaban todo tipo de plantas ornamentales que daban a la casa un perfume especial, pero la joya de la corona era un helecho que colgaba justo en el centro del porche, con sus rizomas cayendo más de un metro hacia el suelo; a todo el mundo que visitaba la casa le sorprendía como aquella planta podía estar tan hermosa por aquellas latitudes con el calor. Tirma estaba muy orgullosa de su helecho, siempre decía que la mano de la dueña era quien lo mantenía así de bello. La verdad es que lo cuidaba como a un hijo. Nauzet más de una vez la sorprendió hablándole y susurrándole melodías.

—¡¡Ya voy, mamá!! —le contestó Nauzet.

Tirma había sido una mujer guerrera, emprendedora, que había trabajado duro en sus tiempos mozos. Vestía un traje blanco enterizo que terminaba en una falda de volantes con un delantal negro, ligeramente manchado por el roce de los cubos al ordeñar. Su inconfundible pañuelo oscuro atado en la cabeza dejaba entrever algunos cabellos, que el paso del tiempo se había encargado de blanquear.

Su rostro curtido por el implacable sol del sur de Tenerife y por las mil batallas que le había tocado vivir era dulce, tierno, pacífico; todo lo contrario de lo que Nauzet había escuchado decir a la gente que la conocía cuando era joven.

Fue una mujer de armas tomar. Fundó un clan de mujeres que defendían la igualdad de derechos frente a los hombres y eso le ocasionó no pocos enfrentamientos entre algunos esposos de sus amigas y también entre desconocidos por defender sus ideas, las cuales hicieron que más de una vez ella y algunas de sus simpatizantes fueran a dar con sus huesos a los calabozos, según sus captores, por desorden en la vía pública. Pero eso nunca la amilanó; al contrario, le daba más fuerza en su lucha.

Declarada feminista, el paso del tiempo le había dado una sabiduría extraordinaria y aunque todavía se seguía reuniendo con su clan, ahora en cambio estaban formando y educando a las más jóvenes del mismo para presentar una candidatura a la alcaldía, porque seguía sintiendo, a pesar de su avanzada edad, ese fuego interior de seguir luchando por la igualdad de género.

Pasaba la mayor parte del tiempo leyendo y escuchando música clásica mientras cosía todo tipo de prendas porque, como bien ella decía, la relajaba y le hacía pensar en nuevas iniciativas para seguir liderando su lucha.

Nauzet volvió a silbar, pero ahora su tono era totalmente diferente. Era el silbido de volver al corral. Las cabras, que en ese momento disfrutaban del aire húmedo y limpio que habían dejado las lluvias, pastaban tranquilamente. De repente, levantaron sus cabezas al momento de escuchar el sonido que conocían perfectamente y empezaron a caminar ordenadamente subiendo la colina, para seguidamente entrar de forma pacífica una tras otra al redil. Parecían soldados desfilando delante de su general.

Nauzet cerró la puerta tras ellas cuando hubo entrado la última y rápidamente entró en su casa a recoger su morral. Dándole un beso en la mejilla a su madre, salió corriendo hacia el barranco.

—¡Hijo, que te vaya bien! Te espero para el almuerzo —le gritó Tirma.

—Sí, mamá. ¡Gracias! —contestó Nauzet ya desde la distancia.

A Nauzet, al contrario de la mayoría de los adolescentes del pueblo, le gustaba ir a la escuela por el barranco en vez de por la carretera general. Allí siempre quedaba en encontrarse con su amigo Yeray[10] porque les gustaba cazar lagartos.

Les ponían trampas para poderlos atrapar, que consistían en coger cacharros de aceite ya usados y oxidados, pero que estuvieran pulidos por dentro. Llenaban el fondo de higos de las pencas de alrededor, que abrían con los mismos picos de la mata. Después dejaban las latas apoyadas cuidadosamente en los salientes de las piedras para que los lagartos, con el olor a higo fresco, pudieran entrar a comer, quedando atrapados al intentar salir. Luego elegían a los tizones[11] más grandes, les ataban un cordón en una de sus patas delanteras y los echaban a pelear hasta que uno de los dos literalmente destrozaba al otro, y ese era el ganador.

También les gustaba cortar las ramas de los balos para fabricarse unas estiraderas[12]. Aunque el balo no era en principio muy resistente, lo dejaban secar para que cogiera fuerza y así poder soportar los elásticos que luego les colocaban para poder así cazar con ellas.

Nauzet y Yeray no eran unos adolescentes como los demás, que preferían utilizar juegos modernos que cada día inundaban las tiendas; ellos preferían divertirse de la manera antigua, la que habían aprendido de sus padres y abuelos.

Yeray era el hijo del carpintero del pueblo. Su padre, Santiago, era el único en el pueblo que ejercía el oficio milenario de José, el padre putativo de Jesús de Nazaret. Era muy fino trabajando la madera, así que todos en el pueblo lo llamaban para que les hiciese todos los trabajos que necesitaban en sus casas: colocar puertas, arreglar ventanas cuando se dilataban por el calor o, como en el caso de la madre de Nauzet, fabricar una bella cocina de madera de fresno, que, aunque pequeña, le había quedado muy coqueta y práctica para el espacio que tenía.

El día que Santiago fue a montarle la cocina a Tirma lo acompañaba Yeray, y ahí fue donde se conocieron ambos e hicieron buenas migas.

—Buenos días, Yeray —le saludó.

—Buenos días —le contestó Yeray, con cara de preocupación.

—¿Qué te pasa, tío? Tienes una cara de culo —se rio Nauzet.

—¡Joder! Es que hoy tenemos el examen de Matemáticas y no pude estudiar nada anoche. Estuve hasta muy tarde ayudando a mi padre a terminar unas puertas y unas ventanas para un trabajo que tenía que entregar hoy, y terminé tan agotado que comí algo rápido y me fui a dormir.

—¡Venga ya, Yeray! —le increpó Nauzet—. Eres el mejor de la clase, siempre sacas notables y sobresalientes. No me digas que no vas a aprobar ese examen porque no me lo creo.

—Pues eso espero —le replicó—. Acuérdate de que estamos a final de curso y que hay que aprobar todo, porque es el último año en la escuela.

—Tranquilo, no te preocupes —lo tranquilizó Nauzet—. Estoy seguro de que acabarás el curso con matrícula de honor. A ti te gusta estudiar, no como a mí, que más de una vez me has tenido que dar clases particulares porque no me entra nada en esta mollera que tengo por cabeza.

Se rieron los dos a carcajadas.

—¡Oye! ¿Qué te parece si cuando volvamos de clase y hayamos almorzado, nos vamos al barranco del Saltadero a cazar pianos[13] con los falsetes[14]? —le sugirió Nauzet—. Hace mucho que no vamos y ya debe de haber muchos con sus plumas bien rojizas, como nos gustan. Tengo un macho en casa al que me gustaría ponerle una hembra, a ver si saco crías.

—¡¡Guayyy, tío!! Me encantaría —le contestó Yeray entusiasmado—. ¿Te parece que nos veamos a las 16:00 en tu casa?

—OK.

Los dos amigos siguieron caminando haciendo bromas y riendo, pensando en lo bien que lo iban a pasar esa tarde juntos. Sin darse cuenta, se toparon de bruces con la cancela del colegio, lo que les hizo partirse de la risa aún más.

Mientras, los observaba Walter, su maestro de Inglés, que en ese momento estaba en la puerta de su aula dándole paso a los últimos alumnos rezagados, como ellos.

—¡Good morning, chicos! —les saludó Walter—. Os veo de muy buen humor, eso me gusta. ¿Saben que hoy hay un examen no previsto de Inglés?

Las caras de Nauzet y Yeray se ensombrecieron de repente.

—Vaya, lo que faltaba —susurró Yeray.

—Tranquilo —contestó Nauzet ligeramente nervioso.

La escuela constaba de cuatro bloques de edificios formando un rectángulo en el centro, donde salían los alumnos al recreo.

El suelo estaba rellenado de picón[15] que rodeaba todo el colegio, al igual que una cerca de hierro que delimitaba todo el recinto y que terminaba en la verja de la entrada donde había un conserje, que era el encargado de abrirla y cerrarla.

Enfrentado al edificio principal en su parte trasera, se encontraba la «escuela de hierro». Así la llamaban porque era una estructura ovoide plateada que daba la impresión de que fuera una nave espacial que se hubiese posado ahí. Incluso sus ventanas se abrían como la escotilla de un barco y daba la sensación de que de repente fuera a salir un extraterrestre hablando de forma extraña.

Pero lo que se escuchaba no se sabía si era peor: los chillidos de los preescolares. Era su forma de quejarse del calor tan horrible que hacía dentro de esa estructura demencial. Nauzet había pasado dos largos años en la escuela de hierro y sabía lo que se sentía.

Sonó el timbre. Era viernes.

—¡¡Fin de semana!! —gritó Nauzet recogiendo sus cosas.

Salió todo lo rápido que pudo de su aula, pasó por delante del conserje, que en ese momento abría la cancela y al que casi se lleva por delante.

—¡Ey! Chaval, despacio —le increpó.

—Perdón, perdón —le contestó él sin detenerse.

Iba como un rayo hacia su casa, sabía que tenía que llegar pronto porque tenía una cita con su amigo Yeray. En el camino le echó un vistazo rápido a las trampas y se dio cuenta de que estaban llenas de lagartos. Decidió liberarlos porque él tenía un plan mejor para esa tarde.

Cuando llegó a su casa, estaba sin aliento. Entró en su habitación y tiró el morral a su cama.

—¡Mamá, ya llegué! ¿Qué hay de almuerzo? Tengo un jilorio[16].

Tirma estaba lavando calcetines a mano en ese momento, porque aunque tenían lavadora, le gustaba más hacerlo ella misma.

—Hola, hijo. Lávate las manos que ya te sirvo.

Tirma le había preparado su almuerzo preferido: costillas con papas y piña.

—¡Qué rico huele, mamá! —le inquirió Nauzet.

Tirma terminó de colgar las medias y le sirvió la comida.

—Nauzet, ven a sentarte a la mesa que ya está servido.

Nauzet le hizo caso y se sentó a la mesa para degustar la comida.

—¡Qué delicioso está, mamá! Gracias.

—¡De nada, mi niño! Cómetelo todo —le contestó Tirma.

Nauzet se lo devoró todo en un pis pas, luego salió y se sentó en el banco de madera que había por fuera del porche, como siempre a disfrutar del bello paisaje que se vislumbraba desde su casa. Disfrutaban de la mejor vista de todo su entorno, porque desde allí se podía ver toda la costa de El Médano y la playa de la Tejita con su gran oleaje.

La maravillosa e imperturbable Montaña Roja y, en el lado oriental de esta, la playa de El Médano, con toda su costa pintada de colores de las velas de los windsurfistas, que venían durante todo el año a cabalgar las olas, aprovechando así los vientos alisios tan frecuentes en esta zona.

Yeray llegó a las cuatro, puntual como siempre. Venía vestido con un traje militar mimetizado, con cierto desgaste en codos y rodillas, bastante ancho pero acomodado a su estatura; se notaba que había sido arreglado para que le sirviera. Destacaban sus botas negras recién embetunadas y su corte de pelo al uno, que daba la impresión de estar viendo a un boina verde americano. En la cabeza, una gorra de béisbol con la bandera de España difuminada, a juego con la vestimenta. En su mano derecha sujetaba el falsete que había construido hacía poco tiempo con la ayuda de su padre.

Los chazos[17] de madera relucían bien alineados y barnizados, no como los de Nauzet, que ya estaban grisáceos por el paso del tiempo. Los barrotes de alambre brillaban como si fueran plata de ley. Dentro, en una de sus esquinas, los huecos de los comederos en la base estaban llenos de alpiste. Colgando de uno de los palitos centrales, un hermoso piano encarnado en ese momento introducía su pico en un bebedero de agua que estaba incrustado entre los barrotes.

«Qué suerte», pensaba Nauzet, «tener un padre carpintero que lo ayude en su tiempo libre a construir esa maravilla».

En su mano izquierda, llevaba una estiradera de palo de balo seco, que en ese momento se la introducía en uno de sus bolsillos traseros, dejando los elásticos de goma gruesa colgando.

—Qué pasa, Yeray, ¿te han llamado a filas? —le vaciló Nauzet.

—¡Tú ríete! Ya verás cuando empiecen a entrar pianos en mi trampa y en la tuya ninguno —le replicó Yeray mientras se reía.

Nauzet sabía que aunque Yeray podía ser a veces un poco exagerado, se tomaba muy en serio cada cosa que hacía y que, por lo general, por eso siempre le salían bien las cosas.

—Buenas tardes, doña Tirma —saludó a la madre de Nauzet, que en ese momento terminaba de fregar la loza.

—Buenas tardes, mi niño. Uy, pero ¿dónde van ustedes?, ¿se ha declarado la guerra y yo no me he enterado? —sonrió Tirma.

Yeray se ruborizó.

—No, señora, es que vamos a ir a cazar pájaros y a mí me gusta ir preparado, para así poder coger el máximo posible.

—Ah, bueno, me tranquilizas —balbuceó ella, disimulando una sonrisilla locuaz mientras le guiñaba un ojo a Nauzet.

—¡Vamos, Nauzet, tío! Que se nos va a hacer tarde.

Nauzet, que en ese instante se desperezaba estirando sus brazos mientras soltaba un bostezo, miró de soslayo a Yeray, que en ese momento le arqueaba las cejas en claro gesto de impaciencia.

—¡Voy, voy! —contestó Nauzet, pegando un brinco del banco donde estaba sentado.

Nauzet se colocó su sombrero típico del traje de mago[18] de ala estrecha, cogió el morral que solía usar cuando salía con las cabras y metió en él una cantimplora de piel curtida de cabra y un par de manzanas que su madre había cogido ese mismo día de su manzanero. Luego entró en la habitación de los trastos, como ellos mismos decían.

Era la habitación menos frecuentada de las tres que tenía la casa. Allí era donde guardaban las cosas que no solían usar normalmente mezcladas con utensilios comunes.

El cuarto estaba arreglado, limpio y había de todo. Una vieja mesa de nogal, que se mantenía en tres patas, albergaba una colección de álbumes de fotos amarillentas. También había una lámpara de metal con el botón de encendido colgando, sin la bombilla, que alguna vez le sirvió a Nauzet para hacer sus deberes y leer sus libros; había pasado a mejor vida. A su lado, estaba un armario también de metal de color gris, con las puertas con evidentes muestras de óxido, lleno de mantas y sábanas bordadas con las iniciales «A&T», seguramente regalos de boda de las nupcias de Adjoña y Tirma.

En el otro lado de la habitación, había una cama sencilla de la que Tirma se encargaba de mantener limpias las sábanas y el edredón para las visitas inesperadas, como su cuñado Tinerfe[19], que de vez en cuando aparecía sin avisar. Y en lo alto del armario, el falsete de Nauzet.

De un salto lo cogió. Rápidamente, salió al patio en busca de la jaula, que colgaba de un clavo en una de las pequeñas grietas de la cueva.

Abrió la puertecilla y agarró su piano, que en ese momento vio interrumpido su canto por la fuerza de la mano de su dueño. Era un macho hermoso y viejo, se notaba por las notas de color cobrizo intenso de sus alas y su pico. Lo introdujo con mucho cuidado en la jaula central del falsete mientras le susurraba:

—Eres el mejor llamador de pájaros de todo el pueblo. No me defraudes, por favor te lo pido.

Salieron caminando después de despedirse de Tirma. El sol estaba empezando a descender en lo alto del cielo, dando paso a una tarde menos calurosa.

Pasaron por debajo de un túnel perforado en la autopista del sur. Los alisios habían amainado un poco y, de vez en cuando, veían pasar por sus cabezas bandadas de pájaros yendo en su misma dirección.

Los dos jóvenes se miraron entusiasmados mientras seguían caminando y charlando amigablemente. Desde la distancia percibían el ruido ensordecedor de las turbinas de los aviones aterrizando en el nuevo aeropuerto del sur, que hacía pocos meses habían inaugurado y que, según las autoridades, iba a ser el más importante de la isla.

Aunque el ruido de las aeronaves era tremendo, los pájaros, al igual que los humanos, ya se habían acostumbrado. A ellos hasta les venía bien para sus intenciones de caza, porque las aves volaban a las zonas donde ellos colocaban sus trampas.

Al fin llegaron al borde del barranco del Saltadero. Aunque les daba miedo asomarse al precipicio, siempre lo hacían. Se arrastraban con mucho cuidado y asomaban sus cabezas al vacío. Era una sensación que les producía una adrenalina brutal.

Tenía una altura considerable, como la de un edificio de diez plantas, que imponía mucho. En el fondo de aquel abismo, se vislumbraban unas piedras enormes y, encima de ellas y en sus cercanías, los cadáveres de animales que despeñaban desde allí cuando enfermaban. Había todo tipo de ellos: cabras de las que solo se intuían sus cornamentas y el cuero ya putrefacto, un perro de gran tamaño —seguramente un presa canario[20]— y hasta lo que parecía un caballo.

La panorámica era desoladora. Nauzet siempre decía que la gente que hacía aquello no tenía corazón. A él nunca se le había pasado por la cabeza tirar por allí a ninguna de sus preciadas cabras y mucho menos a su fiel perro pastor.

Recordaba cómo más de una vez se había quedado en vela toda la noche cuidando a algunos de sus animales enfermos junto con don Leonardo, que era el veterinario del pueblo, e incluso los había visto morir en sus propios brazos. En ese momento, le daba las gracias al animal por sus servicios a su familia y entonaba una oración guanche para que sus animales no siguieran enfermando de ningún mal.

Más allá de las rocas había abundante vegetación y, bordeando el barranco, una serie de pequeñas colinas que era el lugar idóneo para colocar los falsetes, y era precisamente allí a donde se dirigían.

Nada más llegar, colocaron las trampas limpiando bien el fondo y rellenando bien los comederos, porque con el vaivén del camino se había salido el alpiste y, con mucho cuidado, aprovecharon lo que se había esparcido para rociarlo en el fondo de las trampas del falsete. Ese era, junto con el canto del pájaro que dejaban dentro, el reclamo para que se acercasen los pianos.

Una vez que se posaban atraídos por la dulce melodía y el festín, entraban y cuando sus patitas pisaban el fondo de la trampa, se activaba un mecanismo que hacía que cayera sobre ellos una trampilla, haciendo un ruidito particular que era para ellos como el canto de los ángeles y dejando a las indefensas aves atrapadas dentro.

El sistema era sencillo y eficaz a la vez. Solo había que armarse de paciencia. Por eso se agazapaban a una cierta distancia para no ser detectados. Y ahí es donde cobraba importancia el atuendo extravagante pero muy efectivo de Yeray, que además sacó de uno de sus bolsillos unos prismáticos para poder visualizar mejor. «Yeray era una caja de sorpresas», pensó Nauzet.

—Jope, tío, ¡tú sí que sabes! —le dijo Nauzet—. Siempre me sorprendes. ¿De dónde has sacado esa maravilla?

—Se los cogí a mi padre de uno de los cajones que tiene en el sótano —contestó Yeray con aire de superioridad—. No creo que los vaya a echar en falta, al menos esta tarde.

—Déjame echar un vistazo, por favor —le susurró Nauzet.

—Sí, claro. Mira qué cerca se ve, pareciera que estuviésemos ahí pegados. Me encanta.

La tarde transcurrió apacible. Mientras esperaban, Nauzet y Yeray de vez en cuando tomaban pequeños sorbos de agua de la cantimplora y le daban suculentos bocados a las manzanas. Nauzet le contaba su plan para ese fin de semana, que consistía en salir esa misma noche con las cabras en dirección al monte. Las iba a conducir a las cumbres de Abona porque estaba seguro de que allí el pasto, gracias a las últimas lluvias, iba a estar más fresco, pero también porque le encantaba pasar tiempo en aquellos parajes inhóspitos que muy poca gente frecuentaba. Quizás algún que otro cabrero del norte, que a veces se adentraban y llegaban hasta allí, pero nadie más.

Le gustaba el silencio y la soledad que se respiraba. Pasaba un tiempo único de introspección que le ayudaba a aclarar sus ideas.

Yeray lo escuchaba atentamente, le gustaba cómo su amigo le relataba sus historias. Pensaba para sus adentros que Nauzet tenía un áurea especial, porque era muy fácil, muy cómodo conversar con él.

Era diferente de sus otros amigos, que solo pensaban en divertirse, en chicas o en hablar de fútbol y eso en ocasiones le aburría muchísimo. Nauzet, en cambio, era más profundo en su forma de pensar. Le encantaba escuchar su diferente modo de pensar, sobre todo cuando le hablaba de cómo él sentía a Dios.

Nauzet no era de los que les gustaba asistir a la iglesia. Decía que para él Dios estaba en todas partes y que no hacía falta congregarse en una iglesia para sentir su presencia. Para Nauzet, Dios era omnipotente y estaba en todas partes y en todas las cosas. En los montes, en los bosques, también en las playas. En un amanecer, en la mirada de un niño. En cualquier parte donde tú miraras, allí estaba la mano del Creador.

Soñaba con algún día viajar, conocer otras culturas, aprender nuevas lenguas en países lejanos y, por qué no, formar una familia en algún lugar lejos con la persona amada.

Sus pensamientos no parecían de un adolescente de dieciséis años; al contrario, parecía que tuviese mucha más edad cuando lo escuchabas. Era cordial, inteligente y tremendamente servicial. Siempre que lo necesitaba para alguna cosa, por complicada que fuera, él siempre estaba ahí. Por eso era su mejor amigo.

La tarde no se les dio tan bien como esperaban. Al final solo pudieron capturar una pareja de pinzones, un macho y una hembra jóvenes, y decidieron compartirlos: la ansiada hembra para Nauzet y el joven macho para Yeray. Aun así, estaban muy contentos porque habían pasado la tarde juntos. No se dieron ni cuenta de que el tiempo había pasado y empezaba a caer la tarde.

Decidieron dar por finalizada la cacería y regresar al pueblo. Cuando llegaron a la casa de Nauzet, ya había anochecido.

—Bueno, Yeray, que pases un buen finde —se despidió Nauzet, dándole un golpecito en el hombro.

—Igualmente, amigo, que te vaya bien en el monte.

Nauzet entró en su casa, colocó el falsete en el suelo y sacó a la joven hembra, que parecía que durante el camino había hecho buenas migas con su veterano compañero de viaje. Los colocó en su nuevo hogar. Mientras los miraba saltando de un lado a otro de la jaula, pensaba para sí: «Ojalá se gusten para que puedan tener crías».

—¡Hola, hijo!

Tirma, que en ese momento salía al porche con un libro en la mano y sus gafas de vista a media nariz, lo sacó de sus cavilaciones.

—¿Cómo te fue?

—Ah, hola, mamá. ¡¡Muy bien!! Pudimos atrapar una parejita y yo me he quedado con la hembra que necesitaba. A ver cómo se porta este varón con ella. Mira qué bonita —le inquirió Nauzet.

—Sí, se ve muy bien. Es joven, ¿verdad? —le replicó Tirma.

—Sí, así es. Oye, mamá, ¿quedó algo del almuerzo? —le preguntó Nauzet sobándose la barriga.

—Traes hambre, ¿eh? Claro que sí, cariño. Ahora mismo te lo caliento. ¿Vas a salir con las cabras esta noche?

—Sí, mamá, tengo pensado llevarlas a las cumbres de Abona a pasar el fin de semana. Quiero aprovechar la hierba fresca de las últimas lluvias para que se puedan alimentar bien y así la leche que den sea de mayor calidad y más deliciosa. Con ella podremos hacer un buen queso y vendérselo a la gente del pueblo.

—Me parece muy bien, mi niño. Será bueno para ellas comer un pasto mejor y también para ti salir de la rutina y pasar un tiempo con la naturaleza, te hará bien.

Nauzet se metió en el baño, se dio una ducha rápida, se vistió y cuando ya estuvo, entró en la cocina. Su madre ya le había servido la cena y estaba terminando de prepararle las provisiones para el largo camino.

Tirma siempre le arreglaba la mochila, le ponía todo tipo de fruta de su huerta y una buena porción de pella de gofio. Le enjuagaba bien la cantimplora y se la llenaba de agua fresca de la destiladera de piedra[21] que tenía en un rincón de la cocina. Y, por último, le metía bien doblada una manta esperancera[22], porque sabía que en la madrugada la temperatura bajaba mucho. El peso de la mochila era considerable, pero Nauzet estaba acostumbrado.

Eran las nueve de la noche y la luna brillaba en todo lo alto cuando Nauzet se despidió de su madre y salió caminando con su lanza en la mano, cargado con la mochila y con su sombrero puesto, cual hidalgo caballero de la triste figura partiendo en busca de aventuras.

Las cabras ya estaban en marcha. Pulgas corría de lado a lado del rebaño ladrándoles para alinearlas en la dirección correcta. Mientras tanto, Nauzet se adelantaba por uno de los costados para parar el tráfico en las calles transversales de mitad del pueblo. Por unos minutos le tocaba hacer de agente de tráfico para que pudiesen cruzar la calle con seguridad.

La gente se sorprendía gratamente al verlas pasar y Nauzet levantaba los brazos en claro gesto de agradecimiento.

Dejaron atrás San Isidro y se encaminaron hacia el próximo barrio, Charco del Pino, que estaba situado a una hora y media aproximadamente; rozando las once y media, lo atravesaron sin problemas. A esas horas el pueblo se mantenía vacío, todo el mundo estaba en sus casas, durmiendo o viendo la televisión. Los bichos que a esas horas se arremolinaban alrededor de las farolas fueron los únicos testigos del paso del rebaño.

Bordearon el último pueblo antes de adentrarse en la espesura de los bosques de pinos canarios y así poder coger el camino real de Chasna, que desde el pueblo conducía hasta el valle de la Orotava, que estaba ubicado en la zona norte de la isla.

En Granadilla de Abona, a esas horas solo se escuchaba el crepitar de las gotas de lluvia caer sobre las tejas de las casas. Se había puesto a llover. Una lluvia fina pero intensa que enseguida empezó a empaparlo todo y que obligó a Nauzet a meter la mano en uno de los bolsillos laterales de su mochila. Allí estaba, como siempre, su chubasquero de color amarillo intenso para salvarlo de una mojada segura.

El municipio de Granadilla de Abona fue un enclave estratégico, donde existió una gran colonia aborigen conocida como el menceyato de Abona[23], como se ha demostrado por las evidencias arqueológicas encontradas en su entorno.

Nauzet conocía bien la historia de sus antepasados porque su padre se había encargado de contársela, de explicarle cómo sus ancestros lucharon con los conquistadores españoles por defender sus tierras, su modo de vida, sus costumbres, sus tradiciones ancestrales, y cómo derramaron hasta su última gota de sangre para defenderse de los invasores.

Nauzet se detuvo un instante para contemplar la plaza y el convento de los frailes franciscanos, que data del año 1665 bajo la advocación de san Luis Obispo, porque así lo pidieron los propios vecinos, pero que hacía mucho tiempo había sido clausurado y, a partir de ese momento, había pasado a tener varias utilidades, como casa cuartel, ayuntamiento y calabozos. También pudo contemplar su imponente iglesia dedicada a san Antonio de Padua.

«Qué bueno que siempre tengo el chubasquero en la mochila», pensó Nauzet. Se adentraron en el frío bosque y la lluvia se mostraba menos intensa gracias a la frondosidad de la vegetación que los protegía. Pero ahora tenía que tener cuidado de en dónde posaba sus zapatos, porque la combinación entre terreno abrupto con piedras y la pinocha humedecida caída de los árboles era como estar caminando sobre jabón.

Llevaban un paso rápido pero firme pese a las inclemencias del tiempo y a un frío que calaba los huesos.

Nauzet lo había previsto, sabía que las temperaturas bajaban mucho a esas horas de oscuridad y por eso iba bien preparado. Llevaba puesta una camisa de lana blanca, encima de esta un suéter grueso del mismo material y, sobre este, una cazadora de tres cuartos de piel, que le proporcionaban el calor necesario para aguantar el aire gélido de esas horas.

Bien entrada la madrugada, Nauzet levantó la cabeza y divisó en la distancia a través de los farolillos eléctricos la silueta del pueblo de Vilaflor de Chasna, considerado el más alto de toda España con una altitud sobre el nivel del mar de 1500 metros. Un lugar encantador ubicado en las mismísimas faldas del Teide, el pico más alto de España, el volcán más icónico y maravilloso de todo el territorio nacional, venerado y admirado por todo aquel que había tenido el placer de visitarlo, y un orgullo para todos los tinerfeños.

El pueblo de Vilaflor de Chasna tenía un gran valor paisajístico, donde se cultivaban unas excelentes papas. También la vid tenía una gran importancia porque les proporcionaba unos caldos para elaborar un vino muy apreciado en la zona. Y, por supuesto, sus famosos almendros, que en la época en que florecían era todo un espectáculo contemplarlos y que atraían a numerosos vecinos de otras comarcas e, incluso, a personas venidas de otros países.

Nauzet de repente se detuvo. No había parado de caminar desde que salió de su casa y se sentía cansado y con sueño. Levantó su mano derecha para mirar su reloj; las agujas marcaban las 4:50 de la madrugada. Llevaba ocho horas de camino, pero felizmente había llegado a su destino, Madre del Agua.

Se despojó de la pesada carga en sus espaldas, le hizo señas a su perro para que agrupase al rebaño y decidió pasar la noche allí.

Aquel era un magnífico lugar, tranquilo y despejado; había dejado de lloviznar. Nauzet se quitó el chubasquero, que todavía chorreaba, lo sacudió y lo colgó en una rama poco saliente de un pino en el que se había apoyado. A continuación, hizo lo mismo con su sombrero.

El rebaño, ya reunido, pastaba tranquilamente ante sus ojos y bebía agua en los charcos que se habían formado por la lluvia. Se las veía cansadas al igual que él, pero estaban bien. Pulgas en ese momento se sacudía el pelo mientras se acercaba con su lengua colgando, con claro gesto de agotamiento. «El pobre ya no está para estos trotes», pensó Nauzet.

Cuando pudo coger aliento y recuperarse un poco del esfuerzo, alzó más la vista y pudo contemplar la magia de aquel lugar. Madre del Agua era un paraje único.

Finalmente, se dejó caer apoyando su dolorida espalda en el tronco del enorme pino, metió su mano en la mochila, sacó la cantimplora y le dio varios sorbos para calmar la sed.

Desde allí en la quietud de la noche, se podía escuchar el sonido del agua al caer desde la pequeña cascada que tenía al frente, a cierta distancia. Aprovechó entonces para quitarle el *film* con el que su madre había enrollado la pella y le dio un buen bocado.

Mientras disfrutaba del aperitivo, observaba con atención a su alrededor. La luz de la luna iluminaba todo el entorno dejando entrever las siluetas moldeadas de las rocas de aquel lugar, dando la impresión de estar posados en el mismísimo satélite, y era precisamente por eso por lo que era famoso aquel lugar. «Neil Armstrong y Buzz Aldrin alunizaron aquí seguro», pensó Nauzet.

Alrededor se intuían varios senderos que llegaban hasta allí desde varias zonas de la isla. Era un lugar muy visitado por senderistas y excursionistas. A estos últimos les gustaba montar allí sus tiendas de campaña para pasar varios días en contacto con la naturaleza.

Disponían de agua fresca que provenía de las mismísimas cañadas del Teide y podían disfrutar del aire fresco y limpio del bosque, además de una de las vistas más impresionantes de su entorno, porque desde aquel hermoso lugar se podía apreciar la masa forestal en su plenitud, las medianías y una gran parte de la costa del sur de Tenerife.

Nauzet había tenido mucha suerte porque no había nadie. El lugar estaba totalmente vacío, solo él y sus compañeros de viaje. Eran los únicos seres que disfrutaban de aquel maravilloso momento.

Seguramente, a esas alturas del año todavía las temperaturas eran algo bajas y eso hacía que la gente no se atreviera a llegar hasta allí.

Nauzet terminó su piscolabis comiéndose un delicioso plátano canario. Había aprendido en la escuela que esa fruta contenía una gran fuente de potasio, que hacía que te recuperases rápidamente de los esfuerzos prolongados.

Después se arropó con su manta esperancera mientras observaba cómo en ese instante un gran número de estrellas fugaces atravesaban la bóveda celeste. Nunca había presenciado tal espectáculo y se alegró de estar allí en ese momento. Aprovechó para pedir tantos deseos como estrellas había visto pasar.

«Los canarios somos privilegiados», pensó. Las islas Canarias poseían unos cielos que estaban catalogados como unos de los más limpios y despejados de todo el planeta Tierra. Y por eso contaban con un observatorio de astrofísica situado en Izaña a 2400 metros de altitud, que estaba considerado por la comunidad científica como uno de los mejores del mundo.

Pulgas aprovechó para acurrucarse a la vera de su amo buscando su calor. Lo miraba con sus grandes ojos como dando lástima, esperando como siempre que su dueño compartiera la comida con él.

La Vía Láctea se distinguía claramente, enorme y enigmática, que hacía que aquellos momentos fueran mágicos. El estar allí presenciando la creación del universo hacía que se sintiera como un minúsculo grano en la inmensidad.

«No somos nada», imaginó Nauzet, «una simple milésima de segundo en la inmensidad del espacio y del tiempo. Y aquí estamos, pensando que somos los únicos, los más inteligentes, los "más mejores", como dirían algunos. Y no somos más que un engranaje más dentro de una gran maquinaria como es el universo, donde seguramente habrá vida mucho más inteligente que la nuestra, aunque para eso no hace falta mucho».

El cansancio lo venció al fin, haciendo que sus ojos se cerraran. Empezó a sentir que su cuerpo se elevaba por encima de las copas de los pinos, dándose cuenta de lo majestuoso del paisaje a su alrededor. A lo lejos, se podían vislumbrar los farolillos con su luz tenue en las calles de Vilaflor.

Se dejó llevar y siguió ascendiendo en dirección al Teide. Se maravilló ante la grandiosidad de la silueta de las cañadas y cómo rodeaban la maravillosa figura del volcán.

El Teide, majestuoso, se mostraba con toda su grandeza, con unos tonos oscuros, rojizos y negros, y también con trazas blancas en su cumbre, restos de nieve que todavía se resistían a fundirse con el calor del día.

Nauzet había caído en un sueño muy profundo, pero se sentía como si estuviera despierto. Parecía todo tan real que podía sentir el aire frío en su cara, juntaba sus manos y las notaba calientes, al igual que sus pies, aunque flotaran.

Era una sensación extraña pero gratificante, se sentía tranquilo, relajado. Su mente procesaba todo lo que estaba ocurriendo a una gran velocidad, dándose cuenta de todos los detalles que estaba visualizando a su alrededor.

Bordeó el pico del volcán, que estaba a una altitud de 3718 metros. Aquello era el techo de España, no había una montaña más alta en todo el territorio nacional.

De pronto, vio como se le acercaba desde el oriente una nube enorme a gran velocidad. «Qué extraño», pensó, porque no hacía viento ninguno.

En segundos lo rodeó y lo engulló como si fuera una presa, haciendo que se quedara a ciegas dentro sin poder distinguir nada.

Notó cómo su pulso se aceleró en ese momento y, de repente, observó un punto de luz cegador ante sus ojos que se fue haciendo cada vez mayor. Nauzet empezó a temblar mientras se tapaba los ojos con las manos; no podía soportar el brillo tan potente disparado hacia su rostro. «¡Ayúdame, papá! ¿Qué está pasando?», fue lo primero que se le vino a la mente.

Aquella masa refulgente que destellaba en sus bordes todo tipo de colores súbitamente bajó un poco la intensidad y empezó a emitir unas imágenes que al principio Nauzet no lograba distinguir, pero poco a poco sus ojos empezaron a habituarse y pudo contemplar una especie de montaña que en su parte más alta terminaba en un pico que parecía muy afilado.

Cuando su vista por fin pudo ver con más detalle, se dio cuenta de que ese pico tenía cuatro lados iguales. «¿Cómo puede haber una montaña cuyo pico sea un tetraedro?», Nauzet estaba desconcertado.

La imagen se desplazó, dándole una perspectiva desde el ápice de la montaña y desde ahí pudo ver en detalle la estructura completa.

«No es una montaña. ¡Es una pirámide de dimensiones gigantescas!». A su lado destacaban dos más de menor tamaño que no estaban alineadas con la primera.

Alrededor se notaba un ligero viento que levantaba nubes de lo que parecía arena de algún desierto. En el horizonte se vislumbraba una fila de camellos cargados, que caminaban sujetados por figuras de hombres que se dirigían hacia algún lugar.

En el otro extremo de las pirámides, se dibujaba la silueta de una ciudad que parecía antigua, donde no habían edificios muy altos; estaba compuesta en su mayoría de casas terreras y alguna que otra edificación de dos plantas.

Destacaba entre aquellas edificaciones unos minaretes altísimos que custodiaban unos templos. Más allá, un río de tremenda anchura que se perdía hasta donde alcanzaba la vista. Sus orillas albergaban gran cantidad de cañas de lo que parecía bambú. En su parte central, pescadores que en sus pequeñas embarcaciones tiraban de unas redes que rebosaban de peces.

A Nauzet le llamó la atención que tanto los hombres como las mujeres que ese momento lavaban la ropa en la orilla usaban turbantes en sus cabezas y que, en el caso de ellas, un velo les tapaba el rostro.

De pronto, todo aquello empezó a desvanecerse ante sus ojos. Alcanzó a distinguir una extraña frase en lo alto de la pirámide en un idioma que no comprendió antes de despertar: القوة بداخلك.

Cuando Nauzet abrió los ojos, todavía estaba en *shock*. Ya había amanecido. Miró su reloj; marcaba las 8:10 de la mañana. Miró a su alrededor intentando asimilar dónde estaba. Hasta que Pulgas no le dio un lametazo en la cara no se recuperó de su letargo.

El sol ya calentaba las piedras del paisaje lunar, que con la luz del día se tornaba en tonos claros y brillantes, permaneciendo impertérrito al paso del tiempo.

Miró al rebaño, que pastaba indiferente a unos pocos metros, mientras que en su cabeza todavía retumbaban los ecos de ese sueño tan extraño que había experimentado, pero que a la vez lo sentía tan real.

«¿Qué eran esas pirámides y qué representaban?», se preguntó. ¿Por qué había soñado con ellas?, ¿cuál era la ciudad que había visto?, ¿y el río? Y lo más inquietante, ¿qué significaban aquellas palabras que había visto en lo alto de aquella pirámide?

Todo era tan raro… Nauzet estaba confuso, no entendía lo que le había pasado. Se incorporó, sacó una libreta de su morral y empezó a escribir todo lo que le había acontecido e incluso garabateó aquella frase ininteligible, porque sabía que su memoria le podía jugar una mala pasada si dejaba pasar mucho tiempo.

Nauzet se levantó y estiró sus brazos. Seguidamente, guardó la manta y la cazadora en la mochila. Se sentía cansado, la caminata y aquel insólito sueño lo habían dejado exhausto. Tomó la decisión de regresar a casa.

En el camino de vuelta, se tropezó con varios senderistas de aspecto anglosajón, que se detuvieron absortos para ver pasar el rebaño. Sonrientes, sacaron sus cámaras de fotos y le pidieron a Nauzet que les dejara tomar varias instantáneas del momento. Nauzet y el rebaño posaron durante unos minutos junto a los extranjeros, y estos le agradecieron el gesto y retomaron su camino.

Nauzet iba en muchas fases del camino con la mirada perdida. Seguía dándole vueltas en su cabeza a lo sucedido durante la madrugada, buscándole algún tipo de explicación, pero no se le ocurría ninguna. «Cuando llegue a casa, analizaré con calma, repasaré mis notas y buscaré algún tipo de información en los libros de mi biblioteca», pensó.

A su cabeza le llegaban imágenes de las pirámides. Tenía una pequeña sospecha de que podrían ser las de Egipto, por la forma en que estaban ubicadas, y que aquella enigmática ciudad podría ser El Cairo, pero necesitaba confirmarlo.

El día estaba radiante, el sol brillaba haciendo que se sintiera la primavera por todos los rincones, las flores daban colorido a todo el paisaje y los pájaros volaban con ramitas en sus picos construyendo sus nidos en los árboles.

De vez en cuando, Nauzet se detenía a observar las huertas plantadas de todo tipo de cultivos. La gente de aquellas zonas vivía, la mayoría, de la agricultura y vendía toda la producción a las cooperativas. Eran gentes sencillas, humildes, que dedicaban gran parte de su tiempo a cultivar la tierra. Ese año había sido bueno para las cosechas gracias a las lluvias que habían caído abundantemente, dándole vida al suelo tan árido del sur.

Iban a buen paso para llegar pronto a la casa. Nauzet sabía que el descenso siempre le resultaba más fácil. Observaba su rebaño y, de vez en cuando, les hacía señales o les silbaba para que no se distrajesen o se quedaran rezagadas. Como buen cabrero, sabía diferenciarlas a cada una de ellas llamándolas por sus nombres. Ellas, al oír la voz de su amo, levantaban sus cabezas, lo observaban y lo obedecían, y si no era así, ahí estaba Pulgas atento para guiarlas.

En el camino Nauzet iba dándole fin a las viandas que le quedaban, con la ayuda de su perro fiel, que siempre era el más voraz de los dos.

Empezaba a anochecer cuando llegaron a San Isidro. Algunos vecinos, al verlos, salieron de sus casas y lo saludaron, preguntándole si su madre tenía queso fresco.

—Claro que sí —les contestó Nauzet—. Pasen por la casa y con mucho gusto les daré a degustar un pedazo.

Estaba seguro de que en cuanto lo probaran, enseguida lo comprarían, porque los quesos que elaboraba su madre eran los mejores de toda la comarca.

Por fin llegó a la casa y cuando estaba guardando el rebaño en el redil, sintió un ligero golpe en la espalda. Se giró. Allí estaba el tío Tinerfe con una hermosa sonrisa en su cara. Sus gafas redondas, que dejaban entrever aquellos inconfundibles ojos azules, su barba larga y tupida, y su pelo largo canoso amarrado con una liga en un moño le daban un aspecto de bohemio irresistible.

Vestía un pantalón de lino beis, una guayabera y encima un poncho de algodón muy colorido. Estaba igual que siempre, parecía que aquel hombre no envejecía.

—¡Hola, querido sobrino! —lo saludó.

—¡Hola, tío! Qué alegría verte. ¿Qué haces aquí? ¿Cuánto tiempo ha pasado?

—Pues exactamente un año, Nauzet. Es el tiempo que llevo viajando por Latinoamérica, hijo.

Tinerfe era un viajero, era el típico hombre que no estaba mucho tiempo en el mismo lugar. «Será por eso que no se le conocía ninguna esposa», siempre pensó Nauzet. Había recorrido muchos países, haciendo negocios aquí y allá. Le encantaba conocer nuevas culturas y quedarse en aquellos lugares que visitaba algún tiempo, para aprender el idioma.

—¿Y cómo te fue por esas Américas? —le preguntó Nauzet mientras entraban en la casa.

—Pues muy bien. Estuve en Venezuela, concretamente en su capital, Caracas, y, bueno, allí hice muy buenos negocios. Después crucé la frontera por un pueblo llamado Cúcuta hacia Colombia. Estuve en una zona llamada el eje cafetero, donde pude degustar el mejor café del mundo. Allí conocí a los dueños de las haciendas donde cultivaban esa maravilla y, con lo que había ganado en Venezuela, decidí invertir en esos cultivos cafeteros. Me he traído unos cuantos sacos de café para venderlos aquí. He hecho un buen negocio, porque en cuanto he llegado y lo he dado a probar, lo he vendido todo a un mismo comprador. Si lo sé, hubiera traído más. Pero no te preocupes, he traído un poco en una bolsa para que lo probéis tu madre y tú.

En ese instante, Tirma salía de la cocina arrastrando con ella un olor a café extraordinario. En su mano llevaba una bandeja con una cafetera exprés, tres tazas y un plato con galletas.

—¡Sí que huele, tío! —comentó Nauzet.

—Pues sabe aún mejor. ¡Te va a encantar! —le contestó Tinerfe.

La noche transcurrió entre historias y risas, hasta que llegó la hora de acostarse y cada uno se fue a sus aposentos.

Nauzet aprovechó entonces para rebuscar entre los libros de su biblioteca. Sabía que allí encontraría algún tipo de información sobre las pirámides y se acordó de un viejo volumen que había leído hacía tiempo sobre la cultura egipcia.

Al fin dio con él, lo cogió en sus manos, le sopló el polvo que tenía acumulado y pudo leer con claridad su portada: *Pirámides de Egipto: maravilla del mundo. Cultura y civilización.*

Lo abrió al azar y, como si lo hubieran estado esperando, allí estaban esas maravillas del mundo antiguo: las pirámides de Keops, Kefrén y Micerinos, acompañadas por la esfinge de Guiza. Al fondo, la ciudad de El Cairo y el río Nilo. Ya no le quedaba ni la más mínima duda de que era con aquellas pirámides con las que había soñado. Ahora solo quedaba descifrar la enigmática frase.

Nauzet se quedó dormido mientras ojeaba aquel volumen, cayendo en un sueño profundo.

De nuevo estaba en Egipto, pero esta vez se encontraba en un mercado, donde se apreciaban muchas tiendas en las que los mercaderes ofrecían a los viandantes todo tipo de prendas exóticas, turbantes y alfombras.

El muchacho se quedó ensimismado mirando un *souvenir* de un escarabajo tallado en alguna especie de piedra preciosa de color negro. Cuando, de repente, un señor con una larga barba blanca anudada en el centro lo cogió por el brazo. Tenía las cejas pobladas y sus ojos negros profundos e intensos lo taladraron. En su mano portaba un cuadro de madera, con un marco de oro y una frase escrita en letras de color púrpura, que le señalaba a Nauzet una y otra vez con vehemencia: قيفحلا يه اه.

Cuando Nauzet despertó, tenía su pijama impregnado de sudor. Había vuelto a soñar. Se levantó, caminó unos pasos y miró por la ventana del porche. El horizonte estaba teñido de rojo, en minutos aparecería el sol. No sabía si estaba dormido o despierto. Respiró profundo el aire fresco de la mañana e intentó recordar cada detalle de este último sueño, y empezó a escribir en su cuaderno. «Solo espero que alguien entienda esta especie de garabatos que escribo», pensó.

Entró en la cocina y se sentó a desayunar. En el centro de la mesa, había un plato con fruta fresca recién cortada. Tirma había hecho café y mientras se freían unos huevos, cortaba unas tajadas de queso y de pan.

Su tío, que acababa de sentarse, lo miró de reojo y lo notó inquieto.

—Buenos días, familia —saludó Tinerfe.

—Buenos días —contestaron Tirma y Nauzet al unísono.

—Tío, ¿tú hablas en árabe? —le soltó Nauzet a bocajarro.

—Ja, ja, ja, ¡ojalá! No, muchacho, hablo muchos idiomas: inglés, francés, italiano, alemán…, pero árabe no. Tengo pensado en algún momento viajar a algún país donde lo hablen para hacer negocios, pero no se ha dado la oportunidad. ¿Por qué lo preguntas, muchacho? —lo interrogó Tinerfe.

—Ah, no, por nada. Es que tengo una tarea del cole. Me han dicho que traduzca unas frases que están en árabe y, la verdad, no tengo ni idea de cómo hacerlo.

En ese momento, Tinerfe miró a Tirma con cara de estupor.

—¿En árabe? ¡Guau! Las escuelas de hoy en día son extrañas; la mayoría de la gente no sabe ni hablar bien el español ¿y te mandan a traducir frases en árabe?

Tinerfe le puso su mano en el hombro a Nauzet y mirándole a los ojos, le dijo:

—Pero no te preocupes, conozco a un comerciante de cuero de aquí del pueblo. Se llama Mohamed[24]. Seguro que él nos ayudará. En cuanto terminemos de desayunar, vamos a visitarlo y le preguntaremos. ¿Te parece?

—¡¡Gracias, tío!! —le contestó Nauzet haciéndole un guiño cariñoso.

Después de haber degustado el delicioso desayuno, se dieron una ducha rápida, se vistieron y salieron caminando hacia el pueblo.

Llegaron a un gran almacén en el oriente del pueblo, donde, aunque era domingo, había una gran actividad. En ese momento, unos jóvenes ataviados con guantes y ropa de trabajo descargaban un contenedor repleto de grandes cajas de cartón que venían marcadas con el lugar de procedencia: Marruecos.

Las iban entrando al almacén y allí era revisado el contenido, caja por caja, por un señor con un turbante en la cabeza igual que el que había visto en sus sueños. Era el señor Mohamed, que iba apuntando en una libreta cada prenda que iban sacando.

Desde la entrada, Tinerfe y Nauzet se quedaron impresionados al ver la gran cantidad de chaquetas, zapatos, bolsos y cintos que había en el interior de aquel almacén. El aire estaba impregnado del olor a cuero.

El señor Mohamed se giró en ese instante y notó la presencia de Tinerfe. Le pasó la libreta y el bolígrafo a uno de sus empleados y se apresuró a saludarlo.

—¡Salam aleikum! —lo saludó cordialmente mientras le daba un abrazo—. Amigo Tinerfe, cuánto tiempo. ¿Qué te trae por aquí? He oído que has traído un café delicioso de América, espero que me hayas traído una muestra.

—Oh, viejo amigo, lo siento. Lo he vendido todo. La próxima vez te visitaré el primero y lo degustaremos tú y yo, lo prometo.

—Bueno, si no has venido por negocios, ¿a qué has venido, amigo? —le inquirió Mohamed.

—Bueno, primero que nada a saludarte y también para que conozcas a mi sobrino, Nauzet. Le han mandado una tarea en el cole que nos gustaría que tú nos pudieras ayudar a descifrar.

—¿Una tarea? —Mohamed puso cara de asombro—. ¿Qué clase de tarea?

—Bueno, pues le han pedido a mi sobrino que traduzca unas frases que están escritas en árabe y, bueno, como el pobre no conoce a nadie que lo hable, hemos venido para ver si tú nos puedes ayudar.

—¡Esto sí que es una sorpresa! —respondió Mohamed—. ¿Tu sobrino está estudiando árabe?

—No, no. Es solo un trabajo que le han mandado.

—Pues es una pena —le contestó Mohamed—. En las escuelas de España se debería estudiar árabe, sería bueno para unir más nuestras culturas.

Mohamed miró a Nauzet.

—A ver, chico, muéstrame la frase. —Su voz sonó profunda a la vez que cálida.

—¡Sí, señor! La verdad es que son dos —le comentó Nauzet.

Mohamed miró la libreta del muchacho, la cogió y la giró en sus manos para mirarla con más atención. Luego miró a Nauzet como si lo interrogara con la mirada.

—Muchacho, ¿habías escrito alguna vez palabras en árabe?

—No, nunca, señor —le contestó Nauzet algo intimidado.

—Y esto, ¿de verdad lo has escrito tú?

—Así es, señor.

—Pues que sepas que está muy bien escrito, serías un buen alumno si quisieras aprender —le dijo mientras le sonreía.

—Gracias. ¿Me puede decir lo que significa? —lo apremió Nauzet.

—La primera de las frases significa 'el poder está dentro de ti' y la segunda 'la verdad está aquí'.

Le dieron las gracias y se despidieron. Durante el camino a casa, Nauzet iba repitiendo en su mente las frases mientras pensaba qué significado tenían para él.

Llegó a la conclusión de que aquello era algún tipo de mensaje que le estaba indicando algo, y ese algo podría ser, quizás, viajar a Egipto. Su mente divagaba. La posibilidad de viajar le gustaba, era lo que siempre había querido hacer, pero sabía que sería un viaje duro y largo, quizás de meses o de años. Sin embargo, algo en su interior le decía que tenía que hacerlo.

Cuando llegaron a casa, decidió contárselo a su madre y a su tío, no pudo esperar más. Al principio se quedaron impresionados del relato que estaban escuchando. Luego Tirma y Tinerfe salieron al porche y empezaron a analizar en voz baja todo lo que les había contado Nauzet. Al final llegaron a la conclusión de que podría ser un presagio de los dioses y que debía partir lo antes posible para cumplir con su destino.

La familia de Nauzet era muy creyente con este tipo de sucesos. Sus antepasados habían experimentado este tipo de señales y por eso para ellos no era nada nuevo. Esas mismas historias habían pasado de generación en generación. Los designios de los dioses eran impredecibles y debían ser aceptados y llevados a cabo, murmuraban entre ellos.

Nauzet, por su parte, estaba contento porque su familia le hubiese creído, pero a la vez se sentía triste por tener que abandonar su hogar, a su rebaño y, lo más importante, a su madre. De repente, Tirma se le acercó, lo abrazó y le susurró al oído:

—No te preocupes, hijo, yo estaré bien. Tienes que vivir tus propias experiencias, y si eso significa irte lejos, eso es lo que debes hacer. Es importante para ti que conozcas nuevos caminos, nuevas tierras, nuevas lenguas, nuevas culturas. Porque eso hará de ti un hombre más sabio. Tu padre estaría orgulloso.

Al día siguiente, Nauzet se levantó temprano, como siempre. No había dormido casi nada, se había pasado la noche dándole vueltas en su cabeza a todo lo relacionado con su viaje. Se vistió, desayunó y se fue al colegio.

Era el último día de clases y le tocaba ir a recoger las notas finales. Como siempre, se encontró en el camino con su amigo.

Yeray, cuando lo vio, lo saludó y enseguida se percató de que Nauzet no estaba igual que otros días.

Siempre que se encontraban después de un fin de semana, cada uno le contaba al otro qué nuevo les había acontecido. Ni siquiera fueron a ver las capturas de los lagartos en las latas. Nauzet llevaba la mirada perdida.

Yeray le preguntó varias veces cómo le había ido en el monte con las cabras para ver si reaccionaba, pero ni así. Entonces, ya un poco preocupado por ver a su amigo tan raro, lo agarró del brazo y lo detuvo en seco. Poniéndose delante y mirándolo a los ojos, le preguntó qué le pasaba.

Nauzet entonces levantó la mirada y, tras dudar unos segundos, empezó a contarle todo lo que le había acontecido con todo detalle. Yeray era su mejor amigo y se merecía saber por la situación que estaba pasando. Pero, sobre todo, se lo contó porque sabía que en cualquier momento partiría a enfrentar su destino y quizás no iba a tener tiempo de despedirse de él.

Yeray lo escuchó atentamente. Cuando terminó de contarle, los dos se quedaron en silencio durante varios minutos mientras caminaban, hasta que Yeray al fin se atrevió a hablarle.

—Creo que es una historia muy fuerte. También sé que si no confiaras en mí, no me la hubieses contado. Vas a experimentar algo que va a suponer un gran esfuerzo para ti, no solo porque vas a vivir una aventura que nadie se puede imaginar, sino porque vas a dejar atrás todo lo que has conocido hasta hoy para adentrarte en un viaje a lo desconocido. Pero estoy de acuerdo con tu madre en que tú has sido elegido para hacer ese viaje y que eso te va a llevar a vivir una experiencia que no vas a olvidar en la vida. Te voy a extrañar mucho, pero sé que volverás pronto.

Llegaron al colegio y recogieron las notas finales. Estaban felices, pues habían aprobado todas las asignaturas, y eso hizo que Nauzet se olvidara durante un buen rato de su viaje.

Era un momento de celebración; se acababa la primaria y con ello diez años de compartir tanto con amigos de la infancia como con los maestros. Los alumnos en sus mentes sabían que daban por terminada una etapa muy hermosa de su infancia. Al año siguiente todo sería bien distinto. Tendrían que decidir si ir al instituto u optar por estudiar un oficio en la Formación Profesional.

Nauzet se despidió de todos sus compañeros y de sus profesores. Salió del colegio y cuando hubo andado unos minutos, se detuvo. Miró hacia atrás y empezó a recordar algunos momentos que había vivido en aquel centro de primaria. Se acordó de la primera vez que su madre lo llevó a la escuela de hierro y lo dejó allí. De cómo todos los niños lloraban agarrados a las faldas de sus madres mientras él estaba tranquilo. No sentía aquella inquietud de dejar a su madre. «Era un niño muy seguro de mí mismo», pensó.

También recordó su primer amor, su primer beso con una chica en uno de los lavabos del final del pasillo, que lo tuvo toda la noche sin dormir, pensando en ella.

En esa escuela también experimentó el desamor, que lo sumió en una terrible tristeza cuando ella se tuvo que ir a los pocos días porque sus padres habían decidido volver a su pueblo en la península, ya que no se adaptaron, según me dijo ella, a la vida en Tenerife.

También se acordó de los enfrentamientos que tuvo con algunos maestros por su forma de pensar; detestaba la forma en que se daban las clases. Era muy aburrido, sobre todo porque solo se hablaba de la historia de España y no sobre los aborígenes canarios y su cultura antes de ser masacrados por los españoles. Parte de culpa la tenían sus padres, porque ellos siempre le hablaban de las historias de sus antepasados guanches.

Los juegos en el recreo, como el «tú la llevas», que lo hacía correr por todo el recinto, o cuando hacían un hoyo en el suelo para jugar con los boliches. Esto siempre le trajo algún problema porque llegaba a la casa con los pantalones rotos a la altura de las rodillas.

También cuando era la «temporada» de los trompos. Les quitaban las puntas que traían de fábrica y les colocaban clavos con las puntas bien afiladas para hacer competiciones. Estas consistían en lanzarlos lo más fuerte posible para así hacerle el máximo daño al trompo del oponente; esto hacía que algunas veces se partiera en dos y, por consiguiente, que el niño dueño del trompo se fuera llorando para la casa.

Desde ese preciso instante, en lo más profundo de su corazón sentía que se había terminado una etapa importante en su vida.

Comprendió que la vida son etapas y que aunque había finalizado una de ellas, ahora empezaba una nueva. Empezó a sentirse mejor, iba a conocer un nuevo país, una nueva cultura. Allí haría nuevos amigos, quizás conocería a una chica y se enamoraría de nuevo, y esta vez pasaría más tiempo con ella.

Su corazón empezó a latir con fuerza, pensaba que si los dioses le habían marcado un camino, él no los iba a defraudar. Su madre había sido su sostén, su pilar. Juntos habían pasado por situaciones difíciles desde que su padre falleció. Nauzet había asumido el rol de hombre de la casa, pero ahora era su misma madre la que lo animaba a partir.

Llegó a casa y empezó a preparar el viaje. Su madre, como siempre, le ayudó a preparar su equipaje. Llevaría lo indispensable: varias mudas de ropa, su chaqueta de cuero, un par de zapatos y algo de comida. Su idea era llegar a África lo antes posible y, una vez allí, desde algún punto viajar hasta El Cairo, descifrar el enigma y volver a casa. Lo tenía todo muy bien estudiado.

Tinerfe le había trazado el itinerario del recorrido en un mapa, que debía llevar a cabo hasta llegar al continente africano. «Qué suerte tener un tío que ha viajado tanto», pensó Nauzet.

Este itinerario consistía en coger la guagua hasta la capital, Santa Cruz de Tenerife. Una vez allí, se dirigiría al puerto de Santa Cruz y embarcaría con destino a Agadir.

—¿Agadir? —le preguntó Nauzet.

—Sí, sobrino. Agadir es una ciudad costera del reino de Marruecos. Tiene un puerto muy importante donde hacen escala barcos de toda Europa porque es un punto estratégico del comercio con Marruecos. Allí comprarás un billete de avión y viajarás a El Cairo.

El atardecer dejó paso a la noche. Nauzet había salido de su casa y estaba sentado en una roca contemplando su rebaño mientras pensaba cuál sería su destino a partir de ahora. Solo conocía esa forma de vivir, tenía todo el conocimiento de cómo cuidar sus cabras, que solo necesitaban su alimento diario y agua. Él sabía cómo cuidarlas y ellas lo obedecían porque era la cara conocida que veían todos los días. No necesitaban nada más.

Sin embargo, Nauzet como ser humano tenía metas, sueños que cumplir y había recibido una señal divina que según su familia debía obedecer, no porque se lo impusieran, sino porque así lo sentía su corazón.

Su tío se le acercó y poniéndole la mano en el hombro, le dijo:

—Nauzet, sé que debes estar pasando por un momento de incertidumbre, no por el hecho de partir, que también, sino porque vas a dejar atrás todo lo que conoces y eso implica también a tu madre. Pero quiero que sepas que yo voy a estar aquí hasta que regreses. He ganado lo suficiente como para estar tranquilo una buena temporada. Ayudaré a tu madre con el rebaño y con los quehaceres diarios del hogar.

—Gracias, tío. Eres como un padre para mí y de verdad que te agradezco que te quedes, porque así yo estaré más tranquilo. Las cabras no te darán mucho trabajo. Como ves, es solo sacarlas a que pasten en los campos cercanos, y en eso te va a ayudar mucho Pulgas. Y, bueno, tú sabes ordeñar mejor que yo y eso será de gran ayuda para mi madre.

Llegó el día de la partida. Nauzet, acompañado de su madre y de su tío, estaba en la parada esperando la guagua. Cuando esta llegó, se abrazaron y entre sollozos se despidieron. Tirma en ese momento le entregó un sobre a Nauzet mientras le decía:

—Hijo, quiero que cojas este sobre. Es un dinero que tenía ahorrado para ti, sabía que en algún momento partirías y por eso lo he guardado todo este tiempo. Eres un buen hijo y sé que tienes un gran corazón, como tu padre. Tienes un gran propósito que cumplir en esta vida. Solo espero que encuentres el camino y que lo puedas llevar a cabo. Te quiero.

Nauzet cogió el sobre, se abrazó a su madre prometiéndole que volvería y cuando ya estaba subiéndose a la guagua, escuchó un grito a sus espaldas que lo sobresaltó. Se giró y vio a su amigo Yeray, que venía corriendo para despedirse.

—¡Ey, tío! ¿Pensabas que te ibas sin despedirte de mí? ¡Ni de coña!

Se abrazaron. Yeray sacó de un bolsillo de sus vaqueros un colgante de cuero con un símbolo guanche de madera.

—Lo he hecho para ti —le comentó Yeray—. Te dará suerte, amigo.

Se lo colgó en el cuello y se volvieron a abrazar.

—Gracias, Yeray, no me lo quitaré nunca. Este regalo tuyo me acompañará siempre.

Ya sentado dentro de la guagua, esta empezó a moverse. Mientras, desde uno de los vidrios Nauzet con la mano alzada se despedía de su familia y de su amigo. De sus mejillas cayeron varias lágrimas, que intentó reprimir, mientras miraba a su madre.

El viaje hasta Santa Cruz fue apacible. La guagua se fue deteniendo en todas las paradas del camino, donde se iban subiendo personas. En aquella época, en el transporte público los asientos eran rectos y se podían sentar hasta tres personas en un mismo asiento. Eso hacía que no fueran demasiado cómodos, sobre todo cuando el recorrido era largo, como era el caso, porque Santa Cruz estaba a dos horas de San Isidro.

La guagua entró a Santa Cruz por la autopista TF-1 del sur. El olor de la refinería despertó a Nauzet, que venía un poco adormilado con su cabeza apoyada en una de las ventanillas de la guagua. Atravesaron la avenida marítima y a la altura de la plaza de España se detuvo.

Todos los ocupantes empezaron a descender del vehículo. Nauzet cogió su mochila y enfiló el pasillo hacia la salida. Era media tarde y la ciudad estaba abarrotada de coches que iban y venían mientras que otros rodeaban la plaza en busca de aparcamiento.

Nauzet echó a andar hacia los muelles al tiempo que miraba a su izquierda la bella plaza de España con su imponente cruz en el centro, que se elevaba a una gran altura y que estaba dedicada a los caídos en combate.

La plaza de España era la más grande construida en las islas canarias, con más de 5000 metros cuadrados. Era el centro de reunión de todos los vecinos de la capital. En uno de sus costados estaba el edificio de Correos, una estructura icónica de la ciudad. Al fondo, la calle del Castillo, siempre llena de transeúntes haciendo compras.

Santa Cruz era una ciudad pequeña que se asomaba al mar a través de su puerto. Era una ciudad muy acogedora. Antes de la llegada de los españoles, el territorio donde hoy se asienta la ciudad estaba constituido por zonas de vegetación salvaje que pertenecían al menceyato (reinado) de Anaga, que era gobernado por el mencey Beneharo.

La historia de la ciudad está protagonizada por el legado de los aborígenes y por las expediciones extranjeras que llegaron a sus costas. Santa Cruz siempre ha estado vinculada a su puerto. Fue una ciudad que se unió al reino de España en 1646, no sin antes los aborígenes haber presentado batalla.

La actual plaza de la Candelaria fue la primera que se construyó en la ciudad, pero en aquel tiempo fue llamada la plaza de la Pila. Precisamente esta pila es el vestigio civil más antiguo que se conserva.

En la actualidad, todavía quedan restos de los castillos defensivos a lo largo de la costa que se construyeron para defender la ciudad de corsarios y piratas, que intentaban arribar para saquearla.

Hasta la Armada británica fue repelida en estas costas, con el famoso almirante Nelson al frente. Y este episodio fue por su trascendencia el que marcaría la historia de la ciudad.

Santa Cruz es una ciudad cosmopolita donde existen muchas zonas de ocio, como la alameda del Duque, la plaza Weyler y la Recova, donde se reúne el principal bullicio de los santacruceros. En su casco antiguo podías disfrutar de una cerveza mientras degustabas la comida tradicional canaria, muy valorada por los visitantes.

Después de caminar unos quince minutos, al fin llegó a una caseta de venta de billetes situada a mitad del puerto. Entró y en una de las ventanillas le preguntó a un señor que si era allí donde se compraban los billetes para embarcar con rumbo a Agadir. El señor levantó la cabeza y a través de unas gafas con unos cristales supergruesos y con una amplia sonrisa, le indicó que fuera a la siguiente caseta porque allí solo se vendían billetes entre islas.

Nauzet entonces se dirigió a la siguiente y, según entró, se sorprendió al ver una fila de personas que llegaba casi hasta la puerta. «Jamás hubiese imaginado que hubiera tanta gente que viajara a África», pensó. Ocupó su puesto en la fila mientras observaba a las personas que tenía a su alrededor. La mayoría eran árabes y gente de color.

Le llamó la atención una señora morena con un bebé enrollado con una especie de sábana en la espalda. Este asomaba de vez en cuando su cabecita sonriéndole a Nauzet. Más allá había una pareja con vestimenta árabe que discutía acaloradamente; la mujer, con cara de pocos amigos, levantaba su dedo índice poniéndoselo a la altura de la cara del señor.

Siguió observando y llegó a la conclusión de que era el único canario que estaba en aquella habitación además de los vendedores de billetes y, por consiguiente, el único de habla hispana que iba a viajar al desconocido Agadir, o eso le parecía a primera vista.

Cuando el barco zarpó del muelle de Santa Cruz de Tenerife, el sol empezaba a ocultarse en el horizonte y las farolas de la ciudad empezaban a encenderse, dando la impresión de estar viendo un enorme belén ante sus ojos.

Nauzet, después de encontrar su camarote y dejar allí su equipaje, subió a la cubierta y se situó en la popa, y asomado a la barandilla contemplaba el espectáculo. Observó como el buque iba dejando atrás la ciudad. La mar estaba tranquila, los alisios habían dado un respiro a la costa y se podía visualizar todo tipo de aves marinas sobrevolando el puerto. Su mente divagaba en ese instante y se acordó de su padre. Rememoraba cuando siendo aún pequeño, a la edad de ocho años, lo acompañó a la isla de Gran Canaria.

Se subieron a un ferry que los llevó a la capital, Las Palmas. En esa ocasión, la mar estaba rizada y de un momento a otro empezaron a arreciar las olas, que golpeaban el barco sin piedad. Nauzet entonces empezó a sentirse mareado y estuvo vomitando casi todo el trayecto, que duró alrededor de cuatro horas, aunque a él le pareció mucho más.

Su padre no se apartó de él ni un segundo, lo acompañaba cada vez que tenía que ir a los lavabos y le colocaba la mano en la frente cada vez que le venía una arcada. No le había quedado un buen recuerdo de aquella travesía.

Cuando llegaron al puerto de La Luz, Nauzet estaba descolorido, su semblante era como el de un moribundo. Cogieron un taxi para que los llevara al centro de la ciudad. Allí se alojaron en una pensión.

Cuando llegaron y mientras Nauzet se acomodaba en su habitación, Adjoña salió en busca de algún medicamento que hiciera que mejorara su hijo. Volvió en pocos minutos y le dio a beber un poco de agua con una pastilla que había comprado en una farmacia cercana. El efecto de la pastilla fue inmediato y al cabo de un rato Nauzet empezó a sentirse mejor. Adjoña suspiró aliviado.

Decidieron salir y dirigirse a la plaza de Santa Ana; aquel lugar era la causa del viaje a Gran Canaria. En esa época se celebraba, como cada año, una feria de ganado y artesanía donde se reunían artesanos, ganaderos y pastores de todas las islas Canarias.

El padre de Nauzet estaba emocionado, siempre había querido estar allí en aquellas fechas y en ese momento estaba cumpliendo un sueño.

La feria resultó fascinante. Había una gran cantidad de animales repartidos por todo aquel recinto: vacas, caballos, ovejas, cerdos y, naturalmente, cabras. También había todo tipo de artesanías, desde trajes típicos de cada región hasta sombreros, joyas, libros que contaban la historia de Canarias y también, en una sección de la plaza, algunos jóvenes escritores canarios promocionando sus propias novelas, las cuales firmaban a todo aquel que las compraba.

Había también falsetes con estiraderas colgando encima, que las vendían en un mismo paquete, y llaveros de madera con símbolos guanches que hacían juego con colgantes con la misma simbología. Nauzet estaba sorprendido y a la vez agradecido con su padre por haberlo llevado con él.

Adjoña aprovechó la ocasión para compartir con algunos pastores, cambiando impresiones, y estos les mostraron sus animales mientras les daban a degustar unos deliciosos trozos de queso fresco de cabra, almendras e higos de leche. Y toda aquella comida la degustaron con una riquísima leche de oveja.

Pasaron una tarde especial padre e hijo y por la noche decidieron quedarse a la verbena, donde se formaron parrandas de personas que venían vestidas con el traje típico de cada una de las siete islas Canarias. Hicieron un corrillo donde bailaron y cantaron el folklore canario acompañados de guitarras, laúdes y timples, que hicieron las delicias de todos los asistentes.

Ahora, desde aquella cubierta, Nauzet recodaba con alegría, pero también con nostalgia, aquellos momentos del pasado que había compartido con su padre.

El muchacho bajó por una de las escaleras del interior del barco y llegó a un salón donde había un bufé de comida rápida. Decidió comer algo antes de irse a dormir. Después de servirse la comida, se sentó en una de las mesas más apartadas que había, pues no deseaba que nadie lo molestara, aunque ¿quién iba a hacerlo si nadie hablaba español?

Nauzet empezó a degustar su comida cuando, de pronto, notó que a su lado se había sentado alguien; ni siquiera hizo el ademán de mirarlo. Siguió dando un bocado tras otro a su cena, cuando de repente se percató de que la persona de al lado lo miraba de reojo, cosa que empezó a impacientarlo, hasta que ya después de varias miradas indiscretas, se giró hacia él.

—¡Ey, qué pasa! ¿Tengo monos en la cara o qué?

En ese momento, Nauzet se sintió ridículo, le había gritado a un hombre que no hablaba su idioma. El desconocido, algo ruborizado, le contestó:

—Lo siento, muchacho, no era mi intención molestarte. Es que me he fijado en que no eras como los demás y he pensado que eras español. Y como no es lo habitual ver a españoles viajando en este barco, por eso me he acercado a ti.

Nauzet, aunque algo molesto, se sorprendió de que hubiera alguien en aquel barco que hablara su idioma. El señor prosiguió su charla.

—Me llamo Adib[25]. Y tú, muchacho, ¿cómo te llamas?

—Me llamo Nauzet —le contestó bruscamente, dándole a entender que no le interesaba la conversación.

El señor, que no se dio por aludido, prosiguió:

—¿Puedo preguntarte por qué razón vas a Agadir?

—¡No, no puede! —le contestó Nauzet levantando un poco la voz; solo quería sentirse tranquilo, cenar e irse a dormir, y tuvo que llegar un desconocido a interrogarlo.

—Perdona, chico, tienes toda la razón —se disculpó el desconocido—. Perdona, muchacho. Pensé que quizá querrías tener una conversación con este viejo entrometido.

El señor en ese momento se levantó para irse. Nauzet entonces lo cogió del brazo suavemente y, con cara de arrepentimiento, le dijo:

—Perdóneme, señor, no se vaya. Estoy un poco inquieto porque no me gusta viajar en barco. Le ruego que se siente.

—Tranquilo, muchacho, no pasa nada. Te entiendo perfectamente, a mí tampoco me gusta viajar en estas bañeras de hierro flotantes. Siempre tengo la impresión de que en cualquier momento se va a ir a pique —le contestó el señor amablemente.

Nauzet sonrió, y empezaron a hablar tranquilamente. No parecía un hombre amenazador; al contrario, con el transcurrir de la conversación le pareció interesante a la vez que afable.

El desconocido le contó que era comercial y que se la pasaba viajando a muchos lugares de España en busca de clientes que estuvieran dispuestos a viajar a Agadir para comprar productos y poder comercializarlos en España. Era una especie de intermediario entre compradores y vendedores de los dos países, pensó Nauzet.

El desconocido hablaba muy bien el español porque, según le contó, llevaba muchos años desarrollando aquel trabajo y, lógicamente, pasaba largas temporadas en España. También le comentó que era originario de Palestina, pero que llevaba mucho tiempo sin volver a su tierra y que una de las razones era porque no tenía familia, estaba solo. Por lo visto, no había tenido nunca una pareja estable con la que haber formado una familia.

Nauzet, por su parte, aunque el hombre le daba confianza, no quiso contarle sus verdaderas intenciones de por qué hacía aquel viaje. Se limitó a contarle que iba a conocer lo máximo posible el continente africano.

Cerca de la medianoche se despidieron, dándose mutuamente las buenas noches. Adib le comentó entonces que si necesitaba cualquier cosa, no dudara en pedírsela, porque él siempre arribaba a Agadir una vez por semana, normalmente los viernes, para pasar el fin de semana. Nauzet le agradeció el gesto y se encaminó hacia su camarote.

El zumbido de la sirena del barco lo despertó. Miró por uno de los ojos de buey de su camarote y vio parte de un muelle y una colina al fondo; habían llegado a Agadir. Miró su reloj, eran las nueve de la mañana. La larga charla de la noche anterior con Adib y el cansancio acumulado le habían hecho dormir más de la cuenta. Se vistió rápidamente, cogió sus cosas y salió al pasillo enmoquetado del barco. En ese momento, la gente empezaba a salir de sus camarotes buscando la salida del buque.

Unos metros más adelante coincidió con Adib, que en ese momento salía de su habitación con evidente cara de cansancio. Adib era un hombre entrado en años; Nauzet calculó que tendría unas sesenta y cinco primaveras. Iba vestido al estilo europeo. Llevaba puestos unos pantalones chinos de pinzas de color beis, una camisa color marrón de manga corta abotonada y en sus hombros un suéter de color mostaza con el logotipo del lagarto. Calzaba unos tenis de marca de color blanco que le daban una imagen de pijo de ciudad.

—Buenos días, señor Adib —lo saludó Nauzet.

—Salam aleikum, muchacho. Por favor, no me llames señor, simplemente Adib, ¿OK?

—OK.

—¿Cómo amaneciste, Nauzet? ¿Pudiste dormir?

—¡Oh, bien, señor! Perdón, Adib. Un poco trasnochando pero bien. ¿Y usted?

—No muy bien, no termino de acostumbrarme al vaivén de estos benditos barcos. —Adib miró a Nauzet y le preguntó—: Oye, muchacho, ¿tienes a alguien aquí que te venga a recoger al puerto? Supongo que no, ¿verdad? La ciudad está a varios kilómetros de distancia de aquí.

—Pues no, señor. Está en lo cierto, no viene nadie a recogerme. Yo pensaba que el puerto formaba parte de la cuidad, como en Tenerife.

—Si quieres, puedes venir conmigo. A mí me viene a recoger un buen amigo comerciante de aquí de Agadir —le sugirió Adib.

Nauzet aceptó el ofrecimiento. Mientras bajaban por la escalerilla del barco, se dio cuenta de que, como a un kilómetro de allí, había atracado un crucero gigantesco que tenía varios pisos de altura. Los turistas estaban descendiendo en ese momento, al igual que ellos, y estaban siendo guiados a una especie de centro comercial ubicado en el mismo puerto. Más allá de este, se podían distinguir unas naves industriales dedicadas a congelados y conservas.

En ese momento, Adib le comentó a Nauzet que aquel puerto era el más importante del mundo en la pesca de la sardina.

—Malditos centros comerciales —dijo Adib, mirando hacia los turistas que iban caminando—, están acabando con todas las tiendas de la ciudad.

El amigo de Adib ya lo estaba esperando. Había venido a recogerlo en un Peugeot 504 blanco, una auténtica reliquia de los años setenta; aunque de pintura no estaba muy bien que digamos, su motor sonaba perfectamente. Los ayudó a cargar el equipaje en el maletero mientras se saludaban y partieron hacia la ciudad.

Resultó que la ciudad estaba a unos cuantos kilómetros del puerto y entre medias no había absolutamente nada, mar a un lado y montaña al otro. «Qué suerte haber conocido a Adib y haber conversado con él; si no, ahora estaría en aquel puerto buscando a alguien que me ayudara a llegar hasta la ciudad. El destino me había puesto a una buena persona en el camino y yo casi lo hecho a perder por mi mal genio», pensó Nauzet.

En ese instante, se prometió no volver a hacer aquello en el futuro; si se le volvía a cruzar alguna persona en su camino, sería amable y cordial.

EL SUEÑO DE NAUZET

Segunda parte

Llegaron a lo que parecía el centro de la ciudad de Agadir. Se detuvieron en una avenida llamada Mohamed V, que según le comentó Adib, era una de las arterias principales junto con la avenida de Hassan II. Se bajaron del coche, cogieron sus respectivos equipajes y se despidieron del amigo de Adib.

Adib entonces le propuso al muchacho pasar el día juntos, porque no se reuniría con sus socios hasta el día siguiente, y así podría enseñarle la ciudad. Nauzet accedió sin contemplaciones. La idea de quedarse solo el primer día no le hacía ninguna gracia y además sabía que en esas circunstancias no podía rechazar el ofrecimiento por parte de su nuevo amigo.

Se fueron a desayunar a un establecimiento cercano con vistas al mar y en el camino se detuvieron en una tienda de cambio de divisas para que Nauzet pudiera cambiar por la moneda oficial del país, que era el dírham marroquí.

La vista de la playa era espectacular, tenía varios kilómetros de largo y en los alrededores se podía divisar muchas construcciones de edificios de apartamentos, hoteles y locales comerciales. En cierto modo, se parecía mucho a Tenerife, pensó Nauzet.

Después del desayuno, se dirigieron al paseo marítimo a disfrutar de los rayos del sol. La playa estaba muy concurrida de extranjeros, que venían huyendo del frío del norte de Europa; algunos parecían gambas de lo enrojecida que tenían la piel.

Desde allí se dirigieron nuevamente a la avenida y cuando llegaron, le levantaron la mano a un taxi, que los llevó a Kasbah, que era una antigua fortaleza que en tiempos antiguos le brindaba protección a la ciudad. Era el lugar más bello de Agadir. Estaba situado en una colina, con una panorámica única de toda la ciudad y de la costa. Aquel sitio era muy visitado, sobre todo en el atardecer para presenciar la hermosa puesta de sol sobre la bahía.

Desde allí descendieron lentamente, rodeando la ciudad, porque Adib quería que Nauzet contemplara el desierto del Sahara, justo en el contorno norte de la ciudad.

Adib lo invitó a almorzar para que degustara la rica comida de la zona. Se sentaron en un restaurante típico. Nauzet pidió un tajín de pollo con miel, almendras y uvas pasas por recomendación del chef; se sentía como un jeque allí sentado. Adib, por su parte, solicitó un rape al limón confitado. Y todo aquel manjar lo aderezaron con un buen vino.

Mientras degustaban los deliciosos platos, Adib le contó que la ciudad había sufrido un gran terremoto en la década de los sesenta que la había destruido por completo. Solo había quedado en pie una pequeña parte de la fortificación que protegía a la medina[26].

A última hora de la tarde, Adib le pidió al muchacho que lo acompañara a una mezquita. Nauzet nunca había estado en una. No le gustaban mucho las iglesias y pensaba que era lo mismo, pero no le dijo nada a su amigo. No quería que pensara que era descortés y decidió acompañarlo.

La mezquita tenía el nombre de Mohamed V. Nauzet pensó que aquel nombre debía de ser muy apreciado entre los árabes, porque lo había escuchado ya en varias ocasiones, empezando por el comerciante de cuero en San Isidro, y porque una de las avenidas de la ciudad tenía ese mismo nombre. Después se enteró de que el actual rey de Marruecos se llamaba así.

Le impresionó observar que había gran cantidad de fieles que en ese momento rezaban, golpeando sus cabezas contra el suelo, y cómo este estaba cubierto de unas alfombras bellísimas.

Le maravillaron las lámparas gigantes que colgaban del techo y le sorprendió que, al contrario de las iglesias católicas que él conocía, allí no habían imágenes de santos ni de ninguna otra divinidad.

El día tocó a su fin. Adib acompañó a Nauzet hasta un hostal que él conocía, en el que más de una vez le había tocado hospedarse. Le gustaba porque era limpio y económico.

Entraron en la recepción y alquilaron una habitación. Luego salieron, bajaron unos pequeños escalones en la misma entrada y se fundieron en un abrazo. Nauzet le agradeció todo lo que había hecho por él en esos dos días que habían compartido juntos y le deseó las mayores bendiciones en su vida.

—Ojalá nos volvamos a encontrar, querido amigo —le dijo Nauzet.

Adib hizo lo propio:

—Que Alá te acompañe y te guíe en tu camino, muchacho. Si vuelves a pasar por Agadir en tu retorno, ya sabes dónde encontrarme.

Nauzet se giró y empezó a subir las escaleras hacia la puerta del hostal. Por sus mejillas cayeron varias lágrimas que intentó reprimir.

Ya en su habitación, se acostó de inmediato y mientras contemplaba el techo, le fueron viniendo imágenes a su mente de aquel día tan emocionante, hasta que el sueño lo venció.

Al día siguiente, los rayos del sol que entraban por una pequeña ventana de aquella habitación lo despertaron. Se levantó enérgicamente, se puso un bañador y una camiseta, y se dirigió a la playa. Cuando llegó, se sentó en la arena mientras veía llegar a los extranjeros, que se acomodaban en las tumbonas para pasar el día bronceándose con el implacable sol.

De repente se levantó, corrió hasta el mar y se zambulló bruscamente, recordando lo que hacía con sus amigos en la playa de El Médano. Estuvo nadando largo rato y de vez en cuando se detenía dando bocanadas de aire y flotando boca arriba con los brazos extendidos, imitando a Cristo en la cruz.

Después de estar varios minutos, salió del mar y se tumbó en la arena a disfrutar de los rayos del sol. Se sintió relajado, libre, como cuando era pequeño y compartía con los amigos todo el día en la playa sin que nada les preocupara.

«No hay prisa», pensó. «Mañana por la mañana me acercaré al aeropuerto para comprar un billete de avión que me lleve a El Cairo. En pocas horas estaré allí. Solo espero que en esa ciudad me sea revelado mi sueño. ¿Y si llego allí y no ocurre nada? ¿Y si todo no ha sido sino producto de mi imaginación y aquello no fue sino un sueño y ya está, y le hemos dado una importancia que no merece?».

Nauzet se dio la vuelta, el sol ya estaba haciendo mella en su rostro, y se dijo para sí que ya no iba a pensar más en ello, la decisión ya había sido tomada desde Tenerife e iba a llegar hasta el final, pasase lo que pasase. «Disfrutaré del momento y del lugar hasta mi partida. Creo que es la decisión más inteligente por mi parte».

De repente se levantó, se limpió la arena y empezó a andar por la orilla de la playa. Luego se encaminó hasta el paseo marítimo y allí se encontró con unas mujeres que le ofrecieron hacerle unas trenzas de colores en el pelo, a lo cual el muchacho se negó amablemente, lo que hizo que las mujeres se rieran, viendo su cara de extrañeza.

Su caminata lo llevó hasta una especie de mercado, abarrotado de tiendas y bazares. En lo alto de la entrada había un cartel que decía: «El Zoco Had».

Se adentró en sus pasillos y enseguida salieron a su paso los mercaderes, ofreciéndole finas especias de todos los colores. Más adelante, encontró carnicerías con diferentes tipos de carne fresca y también, en los bazares, los tejidos más hermosos, que harían las delicias de cualquier mujer que visitara aquellas tiendas.

Se pasó el día paseando por aquellos bazares, se perdió entre el trasiego de personas, sabores, olores y colores de ensueño de aquel mercado exótico, que parecía salido del libro de *Las mil y una noches*.

Y al final del día, algo cansado, se sentó en un banco en una esquina, donde pudo ver los últimos rayos de sol desaparecer en el horizonte. Después salió del recinto y se metió por unas callejuelas que estaban en penumbra; los farolillos estaban empezando a encenderse.

Iba inmerso en sus pensamientos, saboreando el momento. No se percató de que algunos pasos más atrás le seguían dos sombras. Siguió caminando durante varios minutos. De repente, giró en una esquina poco iluminada que lo sacó de su letargo. Se dio cuenta de que se había perdido en aquel laberinto y cuando quiso retroceder, sintió un fuerte golpe en la cabeza que lo dejó aturdido.

Instintivamente, se llevó las manos a la parte de atrás de la cabeza y notó un fluido caliente que le manchó las manos. Tenía una brecha por donde le brotaba abundante sangre. De repente, la vista se le nubló, perdió el sentido y se desplomó.

No sabía cuánto tiempo había transcurrido cuando abrió sus ojos. Vio fugazmente las estrellas y la luna menguante de esa noche y también los farolillos ya encendidos, que lo deslumbraron. Era como si estuviera caminando o, mejor, corriendo. Pero no podía ser porque sus brazos le colgaban en el aire escurriendo su propia sangre. Volvió a desmayarse.

Cuando volvió en sí, se dio cuenta de que tenía un vendaje muy grueso que le cubría la cabeza, el cual no le dejaba ver bien por su ojo izquierdo. Estaba acostado en una cama grande de matrimonio, sin cabecero ni pie de cama. La cabeza parecía que le iba a estallar del dolor tan intenso. Intentó incorporarse, cuando unas manos grandes y fuertes se lo impidieron.

—¡Tranquilo, muchacho! No tengas tanta prisa, estás muy débil todavía.

—¿Quién es usted? —le preguntó Nauzet algo turbado.

—Me llamo Ibrahim[27]—le contestó el desconocido—.Y tú, ¿cómo te llamas, muchacho?

—Me llamo Nauzet. ¿Dónde estoy?

—Estás en mi casa, Nauzet.

—¿Cómo he llegado hasta aquí?

—Te he traído yo en mis brazos. Te encontré tirado en el suelo con una brecha en la cabeza en una de las callejuelas cerca de los bazares del Zoco Had.

—Ah, sí. —Nauzet pensó por un instante—. Tengo un recuerdo vago de haber estado en ese mercado, pero nada más.

—Bueno, no te preocupes por eso ahora, lo importante es que estés bien. Duerme un poco, chico. Necesitas recuperarte, has perdido mucha sangre.

—Gracias, señor. Le agradezco su hospitalidad y que me haya recogido —le respondió el muchacho con muestras de cansancio en su rostro.

Y, tras decir esto, a Nauzet se le cerraron los ojos y volvió a dormir.

Una conversación bastante animada detrás de la puerta de su habitación lo despertó. Abrió los ojos y se dio cuenta de que ya no tenía puesto aquel vendaje tan aparatoso en su cabeza. Se tocó la zona de la herida y notó un ligero dolor debajo de la pequeña venda que la cubría. Miró a su alrededor con detenimiento y se maravilló de lo que observó.

Toda la habitación estaba rodeada de vitrinas y, dentro de estas, colocados en baldas de cristal, se podían visualizar todo tipo de anillos, zarcillos, piedras preciosas engarzadas en collares muy finos y hasta varios cálices, todo trabajado finamente en oro y en plata.

En ese momento, se abrió la puerta y apareció Ibrahim con una taza humeante en sus manos.

—Veo que te has despertado, Nauzet. ¿Te sientes mejor?

—Sí, señor, gracias. ¿Puedo preguntarle a qué se dedica usted?

—Soy maestro de orfebrería, muchacho, y estas joyas que están a tu alrededor son mis obras más preciadas. Y tú, muchacho, ¿a qué te dedicas? Si puede saberse, claro —indagó el viejo Ibrahim.

—Yo, pues… Soy pastor de cabras, señor —le contestó el muchacho, mientras miraba de reojo el extraño brebaje que le había traído.

—¿Y qué te ha traído a esta tierra? —replicó inmediatamente.

—He venido de paseo a conocer este país —le aclaró—. Por cierto, señor, yo cargaba una mochila y dentro tenía mi documentación y dinero.

—Tranquilo, la mochila está ahí. —Señaló una silla que estaba en un rincón—. Lógicamente, el dinero que dices que tenías ha desaparecido. Pero has tenido suerte, la documentación y la ropa no se la ha llevado quien quiera que fuera el que te golpeó. Por eso he sabido que eras español.

Nauzet respiró aliviado. Por lo menos, no se habían llevado su pasaporte.

Pasaron varios días y el muchacho se recuperó. Le había quedado una pequeña cicatriz de recuerdo, pero estaba bien.

Nauzet se vistió y salió de su confinamiento. La puerta de la habitación daba directamente a una tienda. Era una tienda pequeña, llena de vitrinas como las que había visto en su cuarto. Estas también contenían una gran variedad de alhajas y bisutería, pero de menor tamaño.

En ese momento, Ibrahim estaba atendiendo a unos extranjeros que estaban interesados en un collar de oro con incrustaciones de esmeraldas. Al cabo de un rato, se hizo la venta. La cara de Ibrahim transmitía felicidad.

El viejo notó la presencia de Nauzet y le dio gracias a Alá por la pronta recuperación del muchacho. Este le agradeció nuevamente el gesto de haberlo recogido de la calle sin conocerlo de nada y que lo hubiera traído a su casa y lo hubiese curado.

Ibrahim, por su parte, le contestó que eso no era nada y le argumentó que la ley del islam obliga a dar techo y comida a cualquier persona que realmente esté necesitada y que él era muy fiel a sus creencias.

Nauzet le comentó que quería darle las gracias de alguna manera y se ofreció a ser su ayudante, cosa que Ibrahim rechazó en primera instancia. Nauzet entonces decidió contarle la verdad de por qué había viajado a aquel país y que sí o sí tenía que llegar a Egipto, y el único dinero que tenía para llevarlo hasta allí era el que estaba en su mochila.

Ibrahim analizó la situación durante largo rato y al final decidió darle una oportunidad al muchacho. Él también tenía su propia historia, la cual le contó:

—Hace algunos años atrás, esta tienda y todas las de alrededor gozábamos de una buena clientela. Tanto los turistas que llegaban en avión como los que lo hacían en barco venían y compraban de todo lo que les ofrecían las tiendas. Pero eso cambió desde que construyeron un centro comercial en el mismo puerto. A los turistas los llevan como corderos a ese centro comercial y allí compran todo lo que antes nos compraban a nosotros, y a precios más elevados. Claro, no les dan la opción de adentrarse en la ciudad y conocer. Solo algunos a los que quizás les gusta salirse de las rutas que les establecen llegan hasta aquí, pero es un número muy reducido de personas. He de reconocer una cosa, chico.

—¿El qué, señor? —preguntó Nauzet intrigado.

—Tienes buenas espaldas —le contestó el viejo—. Desde que estás en mi casa, he vendido mucho más de lo que suelo hacer, y eso es una buena señal. Como verás, no te puedo pagar mucho —le aclaró.

—Menos es nada.

—Tienes una misión en tu vida que quieres cumplir y estás enfocado en tu objetivo —siguió hablando Ibrahim—. Tienes agallas, muchacho, y eso me gusta. No todo el mundo está dispuesto a pagar el precio para lograr lo que desea. Por eso la gente vive vidas de mediocridad, porque nunca han querido salir de su zona de confort, aunque eso suponga vivir una vida de abundancia y de prosperidad. —Y tendiéndole la mano prosiguió—: Trato hecho, Nauzet, puedes quedarte todo el tiempo que necesites. Para mí tu dios y el mío son el mismo, y si él te han enviado hasta aquí, no es por casualidad. Además, yo no creo en las casualidades, yo creo en las causalidades. También creo en las señales, y el que estés aquí es una buena señal. —Se estrecharon la mano.

Estuvieron charlando largo rato. Nauzet le preguntó por qué hablaba tan bien el español. Ibrahim le contó que había vivido varios años en España y que allí su mentor, que también era árabe, le había enseñado el oficio de maestro orfebre.

Al día siguiente, el muchacho empezó a sacar todas y cada una de las joyas de las vitrinas, limpió el polvo de las mismas y luego, una por una, empezó a pulirlas para que se vieran bien relucientes. Eso le llevó varias semanas, pero cuando hubo terminado, brillaban como nunca lo habían hecho. Después hizo lo mismo con las que estaban en la habitación.

Cuando entraba algún turista despistado a comprar, a Nauzet se le ocurrió la idea de ofrecerle té frío servido en jarras; los turistas agradecían este gesto enormemente. Cuando se iban, les entregaba una tarjeta de visita que, con el visto bueno de Ibrahim, había mandado hacer en una imprenta del pueblo.

Las cosas marchaban un poco mejor tanto para Ibrahim como para Nauzet, el cual echaba cuentas de cuánto tiempo estaría allí antes de partir a su destino.

Pasaron los meses y Nauzet empezaba a echar de menos su tierra, pero sobre todo a su madre. Decidió escribirle una carta contándole sus vivencias diarias desde que había llegado a Agadir, omitiendo, evidentemente, el suceso del golpe en la cabeza.

Se limitó a contarle que en un descuido le habían robado el dinero y que un señor muy amablemente, al ver su situación, le había ofrecido trabajo como ayudante en una tienda de orfebrería hasta que reuniera lo suficiente para viajar hasta El Cairo y desde allí poder volver a Tenerife.

Nauzet empezó a pensar cómo podría aumentar las ventas en la tienda y, por ende, sus ganancias. Durante semanas estuvo dándole vueltas a la cabeza para averiguar cómo podría hacer aumentar la clientela que llegaba hasta allí. De repente, se le ocurrió una idea brillante, o al menos a él se lo parecía.

Se acordó de su amigo Adib y de que este desembarcaba los días viernes de cada semana en el puerto. Le iba a ofrecer una oportunidad de negocio que seguro no iba a desaprovechar.

Llegó el viernes y allí estaba Nauzet en el puerto, sentado en uno de los pilotes de amarre, cuando de pronto escuchó la bocina característica que el barco emitía cuando entraba en el muelle. Esperó el atraque y vio cómo colocaban la escalinata para que los viajeros descendiesen. Las personas empezaron a bajar tranquilamente. Nauzet estaba emocionado, pues iba a volver a ver a su amigo.

Y allí apareció Adib, bajando por la escalerilla con su inconfundible porte de turista europeo. Nauzet corrió a recibirlo al final de la escalerilla. Cuando Adib lo vio, hizo una mueca de sorpresa en su rostro y cuando terminó de descender, se fundieron en un abrazo.

—¡Querido Nauzet, qué sorpresa verte aquí! ¿Estás en el puerto porque ya te vuelves a casa?

—No, querido amigo, estoy aquí por ti.

—¡Qué bien! No esperaba verte aquí, muchacho.

Nauzet lo ayudó con una maleta bastante pesada que transportaba Adib, aparte de su bolso de mano, que traía colgado en el hombro.

El muchacho le comentó que quería hablar con él de negocios y decidieron ir hasta el centro comercial del puerto. Cuando llegaron, buscaron una cafetería, pidieron un té y se sentaron a charlar.

—Bueno, amigo, cuéntame. ¿De qué trata ese negocio? —le inquirió Adib un poco ansioso.

Nauzet empezó a contarle lo que le había sucedido el día después de que se hubiesen despedido. Adib escuchaba la historia con mucha atención mientras le daba pequeños sorbos a su té. Nauzet, con evidente entusiasmo, le siguió relatando y en un momento dado le mostró la cicatriz que le había quedado tras el suceso.

Le comentó que un señor lo había encontrado moribundo tirado en la calle, que lo llevó a su casa y que lo había atendido durante días hasta que se curó. Y que, como muestra de agradecimiento y también porque se había quedado sin dinero, le ofreció trabajar para él.

—Y, claro, ahí viene la propuesta que quiero hacerte, querido Adib. La idea que he tenido es que, como tú bien sabes, los turistas no llegan hasta la ciudad porque los traen a este centro comercial. ¿Es así?

—Así es —le corroboró Adib.

—Pues mi idea es que tú, como comercial experimentado, puedas traer gente, llevarla a la ciudad y que allí pueda comprar en la tienda.

—¿Y qué vende el dueño de la tienda donde trabajas? —le interrumpió Adib.

—Él trabaja la orfebrería y dispone de unas piezas únicas. Bueno, como te iba diciendo, como tú estás yendo y viniendo a España, estoy seguro de que conoces a mucha gente a la que le pueda interesar comercializar joyas en exclusiva. Por supuesto, de toda la mercancía que se venda tú te llevarías una buena comisión.

Cuando terminó de decir la última frase, Nauzet se dio cuenta de que estaba hablando de comisiones y que ni siquiera le había comentado a Ibrahim su idea. «Bueno, ya tendré tiempo de pensar en ello después», pensó.

—Eso, querido amigo —prosiguió Nauzet—, hará que se revaloricen no solo la tienda de mi jefe, sino también todas las del centro de la ciudad.

—OK, muchacho, te he entendido. Yo siempre he soñado con que la ciudad vuelva a tener ese dinamismo y esplendor que una vez tuvo, antes de que construyeran este maldito centro comercial. Y la verdad es que aquí nadie ha hecho nada por remediarlo. Ya es hora de hacer algo por esta ciudad. Mañana por la mañana iré a la tienda a hablar con tu jefe. Estoy seguro de que llegaremos a un acuerdo bueno para todos. ¿Te parece, Nauzet?

—Claro que sí, amigo. Te agradezco que tomes en cuenta mi propuesta.

Siguieron conversando, dándole forma más profundamente al negocio, durante un buen rato. Después cogieron un taxi, que los llevó al centro de la ciudad. Allí se despidieron y se emplazaron para verse al día siguiente a las diez de la mañana.

Cuando Nauzet llegó a la tienda, ya era de noche. En su rostro se dibujaba una sonrisa de satisfacción. Encontró a Ibrahim trabajando en una nueva joya en el taller contiguo a su habitación y aprovechó la tranquilidad del momento para contarle su idea.

El viejo escuchaba atentamente con cara de asombro lo que el muchacho le estaba proponiendo, pensando para sus adentros: «Este joven es un verdadero emprendedor. Sabía que no me había equivocado con él cuando decidí que me ayudara en la tienda. Ojalá lo hubiese conocido unos cuantos años antes, las cosas me hubieran ido mejor».

Cuando Nauzet terminó de exponerle el negocio, Ibrahim se quedó un buen rato en silencio, analizando la propuesta que acababa de escuchar. Después se giró hacia el muchacho y le dijo:

—Hijo, no sé si fue el golpe que te dieron en la cabeza o es que ya eras así de emprendedor —le comentó sonriéndole—. La idea que me propones no es mala. Ahora, todo va a depender de que tu amigo cumpla con lo pactado y pueda mover gente hasta aquí. También habrá que discutir la comisión que él quiera ganar sobre las ventas. Hay que planificar bien todo lo que vamos a hacer, incluido el medio de transporte que voy a tener que comprar para traer a los posibles clientes hasta aquí.

—Estoy de acuerdo —le contestó el muchacho—. Por eso he invitado a Adib a que venga a la tienda mañana por la mañana, para que lo conozcas y así poder hablar tranquilamente sobre el negocio y, bueno, poder concretar todos los detalles.

—Bien, muchacho, pues solo nos queda esperar a mañana y ver si llegamos a un acuerdo, ¿no te parece?

Al día siguiente, llegó Adib a la tienda puntual como un reloj suizo. Nauzet e Ibrahim ya lo estaban esperando. El muchacho los presentó y fueron a sentarse en una esquina de la tienda donde había una pequeña mesa rodeada de butacas, que estaba reservada para los clientes que mostraban interés en llevarse varios tipos de joyas a la vez. En aquel rincón pudieron degustar un delicioso té recién hecho que había preparado Ibrahim.

Estuvieron más de dos horas discutiendo los detalles y pormenores de la negociación, hasta que por fin llegaron a un acuerdo que fuera satisfactorio para las partes. A Nauzet, como cerebro de la idea, si todo iba como esperaban, también le correspondería una suculenta comisión.

Adib e Ibrahim cerraron el trato con un apretón de manos y quedaron en que para el próximo viernes llegarían los primeros clientes.

—Que Alá te acompañe —se despidió Ibrahim.

—¡Inshallah[28]! Hasta luego, Nauzet. Nos vemos pronto, amigo —se despidió Adib, cuando se disponía a salir por la puerta.

Nauzet salió detrás de él a la calle y le dio un abrazo a su amigo mientras se despedía.

Adib le levantó la mano a un taxi que en ese momento pasaba por allí, se subió y, mientras se alejaba con la ventanilla bajada, le hizo un gesto de aprobación con su mano a Nauzet.

La semana transcurrió tranquila, como siempre. De vez en cuando entraba algún que otro comprador, algunos incluso traían en sus manos las tarjetas de visita que el muchacho, con la complicidad de Ibrahim, había mandado hacer. Los clientes las enseñaban dando a entender que venían referidos de amigos que les habían hablado bien de la tienda.

Nauzet se sentía orgulloso de ver como su idea de las tarjetas de visita había funcionado, aunque fuesen pocos los clientes que hasta ese momento las habían mostrado. El muchacho, viendo que en muchas ocasiones le quedaba mucho tiempo libre, le pidió a Ibrahim que le enseñara a hablar árabe y este, algo perplejo, aceptó encantado. Así que todos los días al caer la tarde, Ibrahim cerraba el negocio y se sentaba con Nauzet a enseñarle su idioma.

Al muchacho al principio le costó poder entender aquellos garabatos extraños para él, sobre todo porque las letras eran muy diferentes al idioma español, y también porque se escribía de izquierda a derecha. Pero poco a poco le fue cogiendo el gustillo, no sin la debida constancia y disciplina que le puso para aprender.

Una mañana Ibrahim le comentó que tenía que salir y lo dejó encargado del negocio. Cuando volvió, entró en la tienda y le pidió a Nauzet que saliera un momento. El muchacho lo obedeció sin rechistar, dejando a un cliente que estaba atendiendo en ese momento.

La sorpresa que se llevó fue monumental al ver allí aparcada en el mismo frente de la tienda una furgoneta Toyota de color blanco, que aunque que tenía sus años, estaba impecable. Nauzet, sorprendido, miró a Ibrahim:

—¿La has comprado?

—Así es, muchacho. Te comenté que si llegábamos a un acuerdo con Adib, tendría que comprar una furgoneta porque la necesitamos para ir a buscar a los clientes al puerto.

—Sí, pero todavía no hemos recibido los primeros clientes —le respondió Nauzet desconcertado—. Pensé que íbamos a alquilar una primero y luego, si el negocio iba bien, comprarla.

Nauzet abrió la puerta lateral de la furgoneta y se subió. Pudo observar las dos hileras de asientos traseros donde se podían ubicar hasta seis personas, más dos delante, todos forrados en piel. Estaba muy bien cuidada también por dentro.

Ibrahim le hizo un gesto al muchacho para que se moviera y así poder sentarse a su lado.

—Cuando uno toma una decisión sobre cualquier cosa en la vida, tiene que visualizar qué va a hacer para mejorarla —le comentó Ibrahim—. Eso no quiere decir que no habrá dificultades, siempre las hay, pero tu creencia debe ser tan fuerte que ni los obstáculos puedan detenerte. Yo creo en ti, creo en tu visión, y por eso he invertido parte de mis ahorros en esta furgoneta; además, creo que llevo demasiado tiempo dormido, sin arriesgar en aquello en lo creo.

»Querido Nauzet, te voy a poner un ejemplo de lo que te quiero decir con una historia. Hubo una vez en un pueblo de labradores, donde hacía mucho tiempo que no llovía, algunos vecinos alarmados y preocupados por sus cosechas. Decidieron reunirse en la plaza del pueblo y escogieron a varias personas para que les llevaran el mensaje a todos los vecinos con el objetivo de que al día siguiente fueran hasta allí a congregarse para orarle a Dios, dejándoles claro que debían hacerlo con fe. Al día siguiente, estaban todos los vecinos hacinados en la pequeña plaza, convencidos de que aquel día se iba a cumplir lo que le iban a pedir a Dios, pero solo un niño de entre toda la muchedumbre había llevado un paraguas.

—Gracias, Ibrahim, por tu sabiduría y por creer en mí. Gracias por contarme esa bella historia de fe y creencia. Ahora entiendo por qué decidiste comprar la furgoneta, pues tienes la visión clara desde el primer momento de que todo va a salir bien.

—Y si no es así —le confirmó Ibrahim—, tengo una bella furgoneta para pasear a mis amigos los fines de semana e ir donde me dé la gana.

Los dos rieron a carcajadas.

—Termina con el cliente —le sugirió Ibrahim— y cierra la tienda, que nos vamos.

Después de atender al cliente, Nauzet cerró la tienda como le había dicho su jefe, se subió a la furgoneta y se dirigieron al ayuntamiento. Ibrahim iba a solicitar un permiso especial de conducción para que Nauzet lo pudiera utilizar en aquel país. El viejo tenía buenos contactos que le debían algunos favores e iba a acudir a ellos para obtener aquel permiso.

—¿Sabes conducir, muchacho? —le preguntó Ibrahim mientras iban camino al ayuntamiento.

—Bueno, no soy un experto, pero me defiendo.

En aquel instante, el muchacho recordó el viejo Singer de color naranja que le dieron una vez a su padre como parte del cobro de una deuda y cómo él le enseñó a conducirlo entre unos invernaderos, donde varias veces fue a recogerlo en épocas de zafra.

Aquella noche Nauzet durmió un tanto inquieto. Sabía que al día siguiente tenía que ir al puerto a buscar, supuestamente, a los primeros clientes.

Había convencido tanto a Ibrahim como a Adib en embarcarse en aquella aventura. Solo esperaba que todo saliera bien y que Adib cumpliera su palabra de traer a personas, y que estas, a su vez, vinieran dispuestas a invertir en las joyas de la tienda. «Vamos a confiar en Dios de que así va a ser, como lo hizo el niño de la historia», pensó Nauzet.

—¡¡Por fin viernes!! —gritó Nauzet mientras se dirigía al puerto.

Estaba algo nervioso después de haber conducido hasta allí sin apenas conocer el camino. Le había tocado varias veces preguntar a la gente que se encontraba en la vía con su todavía poco conocimiento del idioma. Los viandantes, a su vez, lo miraban con cara de no entender nada y luego le hacían señas indicándole dónde debía dirigirse. Y allí estaba, listo para recibir a los primeros clientes que se desembarcaran.

El buque atracó con retraso según el reloj de Nauzet. Los operarios se esmeraban en sujetar bien los cabos de amarre al puerto. Los viajeros empezaron a descender por las escalinatas y al cabo de un rato apareció Adib. Venía acompañado de tres hombres que tenían buena pinta. Era un trío masculino de diferentes edades e iban vestidos con unos vaqueros, camisas de vestir abotonadas y chaquetas americanas. Calzaban mocasines que a primera vista parecían de piel muy fina.

Nauzet saludó a Adib y este, después del recibimiento, le presentó a los clientes, que lo saludaron con claro acento castellano. Seguidamente, Nauzet les ayudó con el equipaje mientras se subían a la furgoneta y una vez dentro se dirigieron al centro de la ciudad. Los compradores le comentaron que iban a pasar la noche en un hotel y que al día siguiente visitarían la tienda.

Al día siguiente, a media mañana ya estaba Nauzet por fuera del hotel esperando a los clientes para llevarlos a la tienda. Esperó unos minutos hasta que por fin aparecieron acompañados por Adib. Se subieron a la furgoneta y se dirigieron a la tienda.

Cuando llegaron y después de inspeccionar cuidadosamente la mercancía expuesta en las vitrinas, cada uno se interesó por joyas diferentes. Al señor que parecía mayor le llamaron la atención los cálices bellamente labrados en oro porque, como él mismo comentó, estaba muy unido a diferentes organizaciones teológicas. El de mediana edad, en cambio, se interesó más por los collares con incrustaciones de piedras preciosas porque era dueño de una joyería en Madrid. Mientras que al más joven de aquellos hombres le encantaron los anillos y los pendientes para declararse a su prometida y pedirle matrimonio. Compraron varias piezas cada uno de ellos, luego Nauzet los acompañó junto con Adib al puerto en la furgoneta y allí se despidieron.

Cada semana fue aumentando el número de clientes que desembarcaban y eso hizo que las ventas fueran creciendo cada vez más. La tienda de repente se hizo pequeña debido a la alta demanda y a la afluencia de visitantes. Y por eso Ibrahim adquirió el local contiguo al suyo. Lo acondicionó para que una parte fuera para la venta al público y la otra parte para el taller. Contrató a dos jóvenes orfebres para que lo ayudaran a hacer nuevas joyas y también a varios dependientes locales para atender al público.

Todo el barrio había recobrado vida. Los clientes, como bien había vaticinado Nauzet, no solo compraban en las tiendas del ya afamado Ibrahim, sino que también recorrían las calles adyacentes, interesados también en lo que ofrecían los bazares y cafeterías que se habían instalado al cobijo de las nuevas expectativas comerciales.

Cierto día llegó a la tienda en compañía de Adib una mujer muy refinada, que provenía del norte de España. Adib había hecho un buen trabajo con ella indicándole que tenía que venir a conocer al famoso Ibrahim y contemplar sus maravillosas obras de orfebrería.

La mujer quedó impactada al ver las joyas que en *petit comité* le mostró el viejo. Entonces la señora le ofreció a Ibrahim que si le podía hacer colecciones exclusivas diseñadas solo para ella, ella misma acompañada de su socio en España vendría a buscarlas para llevárselas. Ibrahim accedió de inmediato y, seguidamente, la mujer abrió un maletín de piel muy elegante que llevaba en la mano y le entregó la mitad del dinero en cuenta por el trabajo.

Aquel negocio hizo que la tienda alcanzara un nivel de excelencia jamás visto en aquella ciudad y que definitivamente las joyas de Ibrahim se dieran a conocer en las mejores joyerías de España y también de Marruecos.

El tiempo transcurrió muy rápidamente y ya habían pasado dos años desde que Nauzet llegó a Agadir. Había cumplido su mayoría de edad en aquellas tierras.

El muchacho había sobrepasado con creces lo que necesitaba para viajar a Egipto. Tenía dinero como para ir y volver de España cuantas veces quisiera y también para montar un buen negocio en Tenerife.

Le había hecho llegar a su madre por medio de Adib medio millón de pesetas. Este siempre le traía noticias de su madre y su tío; unas buenas, como que se encontraban bien de salud, y otras no tanto, como la noticia de que su rebaño había mermado más de la mitad por culpa de una enfermedad rara que el año pasado había afectado a las cabras.

Nauzet estaba satisfecho, sabía que el negocio de Ibrahim había ido mucho mejor de lo que se imaginó cuando tuvo la brillante idea de traer a los turistas hasta allí. Pero sabía que había llegado la hora de partir. Su sueño había quedado aparcado por circunstancias ajenas a su voluntad, pero en lo más profundo de su corazón sentía que debía retomar su camino.

En sus adentros pensaba que aquel no era su destino y que, sin embargo, ahora había aprendido a defenderse en dos profesiones tan distintas como era la de pastor de cabras y el noble arte del comercio de la orfebrería. Si las cosas no le iban como él quería, siempre podría volver a cualquiera de esos trabajos o incluso investigar sobre nuevos negocios. De todas maneras, aún tendría que estudiar y definir a qué realmente se quería dedicar.

Ibrahim le había enseñado una lección de vida dejándole que hiciera lo que su corazón le dictaba. Ese viejo sabio le había abierto las puertas de su casa, lo había tratado como a un hijo y le había dado la posibilidad de ayudarlo a no solo a mejorar su economía, sino a darse cuenta de que en el mundo siempre habrá una mano amiga que te ayude a salir adelante.

Habían pasado veinticuatro meses, en los que había aprendido muchísimo de aquel árabe, incluyendo su idioma, que con tanta dedicación y paciencia le había enseñado.

Ahora tocaba la despedida y a Nauzet no le gustaba. Sentía una gran tristeza en su corazón que lo embargaba. Pensó, incluso, en levantarse bien temprano e irse, dejándole una nota escrita de agradecimiento. Pero al final decidió no hacerlo para no herir los sentimientos de Ibrahim. Así que un día se levantó al alba, fue a la cocina y le preparó el desayuno. Cuando la mesa estuvo servida, fue a la habitación y lo despertó. Se sentaron juntos a desayunar.

—Gracias, muchacho, por este rico desayuno, pero algo me dice dentro de mí que lo has hecho para despedirte —le habló Ibrahim algo emocionado.

—Así es, querido mentor —le contestó Nauzet, mirando por una de las ventanas de la tienda.

—Te agradezco mucho que hayas querido despedirte de mí. Te conozco y sé que no te gustan las despedidas. No sé cómo agradecerte…

—¡No! —lo interrumpió Nauzet—. Soy yo el que tiene que agradecerte todo lo que has hecho por mí, has sido para mí como un padre y nunca lo olvidaré.

—Nauzet, eres un ser maravilloso. Le doy gracias a Dios por haberte recogido aquella tarde en aquel callejón, porque desde aquel mismo instante has sido luz para mi vida. Yo no te salvé aquella tarde, fuiste tú el que me salvó a mí. Si yo no te hubiese recogido, cualquier otra persona lo hubiera hecho y me hubiese perdido las bendiciones tan grandes que has hecho en mi casa desde que llegaste. Yo me encontraba perdido en mi mediocridad, no veía la forma de crecer tanto en mi negocio como en mi vida, y tú cambiaste todo eso con tu sola presencia. Ahora me siento bien conmigo mismo, siento que soy útil, me siento realizado. Pero no por el dinero que he ganado, sino porque gracias a ti he podido también ayudar a muchas personas en este barrio, en esta ciudad, a salir adelante. Y todo eso te lo debo a ti.

»Qué maravilla es el ingenio del hombre cuando quiere conseguir algo —prosiguió Ibrahim—. Querido amigo, nunca pierdas esa forma de pensar. No solo cuando estés necesitado de dinero, como fue el caso. Piensa siempre la forma de progresar, de cómo generar mejores ingresos y, sobre todo, soñar, sueña en grande. Todos hemos nacido con dones y talentos que debemos explotar al máximo, porque para eso el Creador nos los dio. Además, estoy convencido de que haciendo lo que debemos, vamos a poder ayudar a los demás a creer en ellos mismos, como lo has hecho tú conmigo, querido amigo. Cree siempre en ti y en las ideas que se te ocurran, analízalas en profundidad y si llegas a la conclusión de que las puedes llevar a cabo, lánzate a conseguirlas sin reservas.

»Recuerda siempre que habrá personas a tu alrededor, tu familia, tus amigos, tus compañeros de trabajo, que no van a estar de acuerdo con tus ideas y pensamientos y que intentarán disuadirte de la forma que sea para que no lo hagas, bien porque no tienen la capacidad de visión que tienes tú, o simplemente por miedo a salir de su comodidad incómoda. Querido Nauzet, todo lo que te rodea, los coches, los edificios, la tecnología o los buques como en el que llegaste hasta aquí, alguna vez solo fue una idea en la cabeza de algún loco soñador, pero ese loco tuvo el coraje, la visión y la determinación de hacerlo una realidad, para que tú y yo la podamos disfrutar hoy en día.

Nauzet estaba emocionado por las palabras que acababa de escuchar y no pudo contener las lágrimas. Entonces Ibrahim se le acercó y se fundieron en un largo abrazo.

—Hijo, por lo menos déjame llevarte al aeropuerto.

Nauzet entró en su habitación, cogió su mochila, echó un último vistazo a la tienda y salió a la calle, donde ya lo esperaba el viejo con el motor de la furgoneta en marcha. Se dirigieron al aeropuerto Al Massira de Agadir. En el camino, los dos iban en silencio hasta que Ibrahim lo rompió:

—¿Le comentaste a Adib que te ibas?

—No, señor. Esperaba que tú me hicieras el favor de decírselo cuando regresara. La verdad es que tomé la decisión de irme dos días después de que él se fuera y por eso no se lo dije. De todas maneras —prosiguió el muchacho—, lo veré en Tenerife, porque seguro que pasará a visitarme.

Llegaron al aeropuerto de Al Massira. A aquella hora tan temprana todavía había poca gente en la terminal. Los pocos turistas se arremolinaban en la entrada, haciendo filas esperando a que los buses los recogieran.

Nauzet entró y, acompañado por Ibrahim, se dirigió hacia una de las ventanillas de las aerolíneas para comprar un billete de avión. Una vez adquirido, se despidió de Ibrahim y se dieron un abrazo, parecían padre e hijo. El viejo le susurró al oído:

—Estos meses han sido los más felices de mi vida, y tú eres el culpable, porque has sido para mí el hijo que nunca tuve. Siempre que quieras volver, aquí tendrás un sitio para ti. Que Alá te guíe en cada paso que des.

—Gracias, Ibrahim, te quiero mucho. Volveré, te lo prometo.

Nauzet se dio la vuelta y se encaminó hacia el puesto de control de seguridad y cuando lo pasó, caminó por un pasillo, desde donde pudo visualizar a través de sus enormes cristaleras la pista de aterrizaje. Cuando llegó a la puerta de embarque, se sentó en un sillón a la espera de la llamada para embarcar.

Mientras esperaba, acariciaba con las yemas de sus dedos el amuleto en su cuello que le había regalado su amigo Yeray. «Qué habrá sido de la vida de mi amigo en estos dos años», pensó. ¿Seguiría siendo el mismo o habría cambiado? «La gente cambia, la vida te cambia. Yo mismo ya no soy el mismo que era cuando llegué a este país. Ahora observo las cosas de modo diferente, veo la cantidad de posibilidades que hay en este mundo y que, si uno se lo propone, puede llevarlas a cabo. Ibrahim me ha enseñado bien, me ha dejado hacer sin poner objeciones, sabiendo que quizás me podría haber equivocado. Pero si hubiese sido así, qué importaba. En la vida se aprende más de los errores que de los aciertos. Esa fue la mejor lección que me dio. Habrá momentos en que las cosas no vayan como tú quieres, y en ese preciso instante es cuando no puedes darte por vencido, porque ahí es cuando Dios te está poniendo a prueba para ver si en realidad deseas fervientemente lo que estás persiguiendo. Las personas solo quieren ver el final, la gloria. Pero no se dan cuenta de que para llegar hasta ahí, existe un camino donde las dificultades aparecerán en cada rincón. Por eso el éxito no está al final del camino, sino que el éxito es el camino».

Aquellas palabras de Ibrahim retumbaban en la cabeza de Nauzet. Por su memoria pasaban imágenes de lo vivido aquellos dos largos años en compañía de aquel viejo con el que había compartido tantas horas, días y meses, y que le había enseñado tanto.

De repente, la voz de la megafonía del aeropuerto lo sacó de sus cavilaciones. Estaban anunciando el inminente embarque de su vuelo.

Nauzet se apresuró a ponerse en la fila mientras observaba por los ventanales el avión donde se iba a subir. Era un Fokker[29]. Sus hélices en ese momento estaban siendo inspeccionadas por un técnico del aeropuerto.

Le enseñó su tarjeta de embarque y su pasaporte a la azafata de tierra y seguidamente se encaminó por un pasillo. Al final de este, bajó unas escaleras que lo llevaron directamente a la pista. Allí estaba el Fokker con la escalerilla preparada para abordar el avión.

Cuando estaba a punto de pisar el primer escalón, escuchó de fondo una voz algo alterada de alguien que se expresaba en español, lo que hizo que de pronto se detuviera. Miró hacia la zona de las bodegas de carga y pudo contemplar a un joven con unos pantalones de color beis con unos bolsillos laterales, como los de los exploradores, una camisa de botones de color blanca algo desgastada con bolsillos en las mangas y en sus pies unas botas de montaña. Pero lo que más llamaba la atención era su sombrero al más fiel estilo del personaje de Indiana Jones en la película *En busca del arca perdida.*

Aquel individuo no paraba de hacer gestos con las manos a los operarios, con evidente muestra de disgusto en su rostro. Nauzet decidió entonces acercarse al joven. Cuando estuvo a su altura, observó como los empleados de la aerolínea se pasaban unos a otros unas cajas de cartón; en uno de sus lados se podía leer una inscripción que ponía «muy frágil».

—Hola, ¿qué tal? —lo saludó Nauzet.

El joven, con una indisimulada indiferencia, lo miró de arriba abajo y le contestó con un escueto:

—Hola.

—¿Qué te ocurre, amigo? —le preguntó Nauzet.

El joven, sin dejar de mirar las cajas, le inquirió:

—Pues ¿ves esas cajas que están cargando estos inútiles? Están llenas de material muy delicado. Estoy intentando que entiendan que deben manipularlo con más cuidado, pero no me hacen ni caso.

Nauzet en ese momento se dirigió hacia donde estaban los operarios y les habló. Estos, al ver que hablaba su idioma perfectamente, le hicieron señas afirmativas y empezaron a cargar las cajas con mucho cuidado.

El joven «explorador», al ver la situación, se quedó pasmado mirando a Nauzet sin saber qué decir. Cuando por fin reaccionó, le extendió la mano:

—¡Gracias, tío! Te lo agradezco. Perdona, me llamo Enrique Martínez.

—Mucho gusto, Enrique. Yo soy Nauzet.

—Encantado, Nauzet. ¡Qué pasada! ¿Hablas árabe? Eres español, ¿verdad? Pero ¿eres muy joven?

Nauzet, ante aquella batería de preguntas, le sonrió contestándole:

—Sí, hablo árabe. Soy español, concretamente de Tenerife. Y sí, soy bastante joven, tengo dieciocho años.

—Perdóname, es que estoy flipando —le susurró Enrique—. No había conocido nunca a nadie tan joven y español que hablara árabe.

Después de esperar un rato a que cargaran las últimas cajas, se subieron al avión y ya dentro decidieron sentarse juntos. El avión despegó sin problemas y fue cogiendo altura. El ruido del motor era ensordecedor. Nauzet se entretenía mirando por la ventanilla el paisaje con evidente temor.

Era la primera vez que se subía a uno de aquellos pájaros voladores y la sensación que estaba experimentando no le gustaba demasiado. Pero lo disimuló lo mejor que pudo para que su compañero de viaje no se percatara de su intranquilidad.

Cuando el avión se estabilizó, Enrique, para el que parecía que volar fuera un acto cotidiano, empezó a contarle que era de Salamanca, que estudiaba en la famosa universidad y que aquel era su último año de carrera. Había estudiado Arqueología y se dirigía a Egipto para hacer una tesis sobre las pirámides de Guiza.

Enrique se pasó todo el viaje contándole historias sobre la universidad. Le dijo que desde siempre le habían fascinado las civilizaciones antiguas y que por eso había elegido ser arqueólogo; también porque le encantaba viajar y esa profesión le aseguraba conocer países.

Nauzet lo escuchaba con curiosidad, le llamaba la atención la forma tan expresiva que utilizaba aquel joven para relatar sus historias. Irradiaba mucha energía. Resultó ser un tipo muy extrovertido e interesante. «Por eso no hay que fiarse nunca de las primeras impresiones», pensó Nauzet.

El tiempo pasó muy deprisa y sin apenas darse cuenta aterrizaron en el aeropuerto internacional de El Cairo. Cuando empezaron a descender del avión, Enrique le preguntó a Nauzet:

—Perdona, no te he preguntado, ¿a qué vienes a El Cairo?

—Pues vengo a conocer, en plan turista.

—¿Tienes alguna ruta definida o vienes con el plan de explorar? —prosiguió Enrique.

—Pues más bien lo segundo.

—¡Estupendo! —le respondió Enrique algo emocionado—. ¿Qué te parece si te vienes conmigo? Para mí, como ya te comenté, también es mi primera vez en esta ciudad. He reservado una habitación doble en el hotel Mena House, dicen que es el hotel más antiguo de Egipto, y, bueno, si no te importa, podríamos compartir habitación. Tengo un pase especial para poder visitar las pirámides y tú me vendrías de perlas para poderme comunicar tanto con los empleados del hotel como con las autoridades que custodian las pirámides, a las cuales tengo que mostrarles mis credenciales y los permisos para poder entrar dentro de las mismas. No todo el mundo tiene ese privilegio. ¿Qué te parece?, ¿te vienes conmigo?

—Me parece una idea genial —le confirmó Nauzet.

Cogieron un taxi que los llevó al legendario y famoso hotel Mena House. Allí los botones, con instrucciones precisas de Nauzet, bajaron todas las cajas con el material y las colocaron en un carrito mientras Nauzet y Enrique se registraban en la recepción.

Aquel hotel era una auténtica maravilla, tenía unas vistas privilegiadas a las pirámides de Egipto. Desde que pusieron el pie en aquel lugar, se dieron cuenta de su magnetismo. Estaba decorado con un exquisito estilo oriental y con retazos de legendarios tiempos pasados en cada rincón, sobre todo en el ala más antigua de aquel palacio.

Cuentan que allí se alojaron personajes tan ilustres de la historia como el primer ministro inglés Winston Churchill, el famoso escritor Arthur Conan Doyle —autor de la novela del célebre detective Sherlock Holmes—, el inolvidable Charlie Chaplin Charlot, Frank Sinatra o el también actor Charlton Heston.

Pero hay una huésped que se asocia especialmente con este antiquísimo hotel y esa es, nada más y nada menos, que la dama del misterio por excelencia, Agatha Christie. Esta señora pasaba largas temporadas alojada en el hotel, debido a que su marido era arqueólogo. Dicen que en aquel ambiente tan místico a la vera de una de las maravillas del mundo antiguo escribió muchas de sus famosas novelas. Y por eso existe una *suite* con su nombre.

Con las primeras luces del alba, allí estaban Enrique y Nauzet frente a aquellas maravillas del mundo antiguo, las únicas que se conservaban en pie de las siete que habían sido catalogadas por los expertos.

Se encaminaron hacia la entrada principal, Enrique mostró sus credenciales y con la ayuda de Nauzet, que hizo de intérprete, pudieron acceder al interior de la gran pirámide de Keops, acompañados por uno de los miembros de la seguridad arqueológica del museo de El Cairo.

Dentro de aquella mágica estructura, Enrique se mostraba fascinado de por fin haber llegado hasta allí. Le iba mostrando a Nauzet los jeroglíficos pintados en las paredes y le explicó que estos contaban la historia de cómo aquella construcción había sido creada con dos salas mortuorias para que el faraón Keops y su reina el día de su muerte pudieran transitar hacia el más allá subidos en una barca, en la cual tendrían que pasar por varias pruebas hasta llegar a la inmortalidad, y así cada noche por toda la eternidad.

Enrique le contó que, según los egiptólogos, la gran pirámide fue mandada a construir por el faraón de la cuarta dinastía del antiguo Egipto, Keops, y que la fecha estimada de la terminación de esta fue en el 2570 a. C., aproximadamente. Le dijo que aquel fue el edificio más alto del mundo durante 3800 años.

Le confirmó que cada piedra que fue colocada milimétricamente en aquella estructura pesaba dos toneladas y media, aunque había algunas de ellas que llegaban a pesar hasta sesenta toneladas, y que originalmente estuvieron recubiertas con bloques de piedra caliza blanca pulida, que le daban un aspecto asombroso cuando las observabas desde fuera.

Nauzet lo escuchaba absorto mientras pensaba cómo el hombre cuando se lo proponía podía alcanzar unos niveles de excelencia extraordinarios, y aquellas estructuras eran una prueba palpable de ello.

Prosiguieron su visita. Enrique no paraba de escribir notas en un pequeño cuaderno mientras seguía relatándole a Nauzet cómo los antiguos egipcios inventaron y utilizaron máquinas básicas, como la rampa y la palanca; cómo hicieron grandes avances en matemáticas, medicina y en geometría, y que algunos científicos tenían la teoría de que en el 10500 a. C., las pirámides de Keops, Kefrén y Micerinos, que componen esta triada, estuvieron perfectamente alineadas con un conjunto de estrellas que son perfectamente visibles desde la Tierra, como es la constelación de Orión.

También le contó que estas no son las únicas que existen, sino que hay cientos de pirámides esparcidas por todo Egipto, además de templos como el de Luxor y obeliscos. Estos últimos fueron tallados en un solo bloque de piedra (monolitos) y llegaron a medir hasta veinte metros de altura.

Qué maravilla, pensaba Nauzet, poder estar allí viviendo aquella experiencia en compañía de una persona como Enrique, que le estaba contando en primera persona la historia tan fascinante y enigmática a la vez de aquella construcción.

—¿Y de dónde sacaron los egipcios toda esa información y tecnología para poder construir todas estas maravillas en una época en la que se supone que no tenían acceso a un saber tan grande? —preguntó Nauzet.

Aquella pregunta dejó a Enrique sin palabras durante unos segundos.

—Buena pregunta, Nauzet. De hecho, esa es la pregunta del millón de dólares. Hay muchas y diversas teorías. Algunos creen que esas grandes moles de piedra las movieron esclavos israelíes, como bien se relata en la Biblia. Pero hoy en día hay muchos arqueólogos que piensan que aquello fue hecho por mano de obra cualificada que se estableció en poblados en los alrededores de la meseta de Guiza y que incluso se les pagaba un sueldo y eran dirigidos por algún «arquitecto» de la época. Claro, aquí todo son conjeturas, tanto de un lado como del otro. Otros piensan que estas pirámides fueron diseñadas y construidas por entes extraterrestres y basan sus teorías en que en la época en que se construyeron las pirámides, los egipcios no tenían la capacidad, y mucho menos la tecnología, para poder mover estas enormes moles de piedra. Además, según esta teoría existen excavaciones cercanas donde se han encontrado templos que son más antiguos que las pirámides y las piedras con las que están construidos son incluso de mayor tamaño y, lógicamente, de mucho mayor peso que las de estas. Ellos creen que hubo una especie de edad de oro en la que existió una inteligencia superior que le enseñó al ser humano una tecnología y un saber divino, y que esa sabiduría, con el paso del tiempo, se ha perdido.

—¿Y tú qué piensas? —lo interrogó Nauzet.

—Pues… yo no soy el típico arqueólogo ortodoxo. Yo opino igual que esta última teoría, pero con algunos matices. Pienso que tuvo que haber en algún momento de la historia una información muy avanzada, a la que tuvieron acceso nuestros ancestros, como esta civilización, que es de las más antiguas de la Tierra. Y que tanto esa sabiduría como las estructuras y demás tecnología están enterradas a varios kilómetros de profundidad en este y en otros muchos lugares de la Tierra. Tanto es así que cada vez que se profundiza más en las excavaciones que se llevan a cabo en este territorio, se encuentran nuevos vestigios de civilizaciones perdidas en el tiempo. Creo que en algún momento encontraremos ese eslabón perdido que llevamos buscando desde los albores de la humanidad. Y esa es una de las razones que me han traído hasta aquí, además de realizar mi tesis, lógicamente. Pero, claro, esto que te estoy contando es un tema tabú que le ha costado a muchos arqueólogos el ser desprestigiados por sus colegas a nivel internacional por, según ellos, creer en «marcianitos verdes».

Después de varias horas en el interior de la gran pirámide, tomaron la decisión de salir y dirigirse al hotel. El sol estaba en lo más alto y el calor era notorio.

Mientras almorzaban, Enrique aprovechó para pasar a limpio sus notas. Nauzet, en cambio, se deleitaba mirando a través de uno de los ventanales, pensando que no habría un lugar en el mundo con tanta historia enterrada como aquella vasta zona de arena y desierto gracias a la civilización egipcia. Quizás por eso las señales que a través del sueño había tenido lo colocaban en aquel enigmático lugar.

En su interior solo pensaba que ojalá le fuera concretado de alguna forma el mensaje o lo que significara aquel sueño a través de algún mensajero de Dios, como le habían dicho su madre y su tío. Le había costado mucho tiempo y esfuerzo llegar hasta allí y, en cierto modo, estaba ansioso por conocer el desenlace de aquella aventura.

Después de almorzar y de tomarse un café expreso bien cargado, salieron del hotel para visitar el majestuoso Museo Egipcio, situado en la plaza Tahrir.

Aquel museo recoge la mayor colección del mundo sobre el antiguo Egipto, con más de 120 000 objetos. Allí pudieron admirar la máscara funeraria del faraón más famoso del mundo, Tutankamón, además de todas y cada una de las piezas encontradas por el archiconocido arqueólogo inglés Howard Cárter, que en 1922 descubrió la tumba de este faraón en el Valle de los Reyes, muy cerca del templo de Luxor.

Casi anocheciendo, llegaron nuevamente al hotel Mena House. Nauzet seguía fascinado por todo lo que había vivido y visto aquel día.

Después de picar algo en el bufé del hotel, se fue a la habitación a descansar, pues se sentía un poco cansado. Se recostó en su cama y, súbitamente, se quedó dormido. De repente, un pequeño ruido que hizo la ventana por el aire en la madrugada lo despertó, miró a un lado y vio a Enrique durmiendo en la cama adyacente; dormía profundamente. Miró su reloj. Eran las tres de la madrugada.

Al ver que se había desvelado, decidió salir a dar una vuelta. Cuando salió del hotel, uno de los vigilantes lo saludó mientras se dirigía hacia las pirámides.

La noche estaba en total oscuridad. La luna colgando del cielo totalmente menguada hacía que las estrellas a su alrededor brillaran más que nunca. Nauzet bordeó en su totalidad la gran pirámide hasta que dejó de ver las luces de la ciudad. Estaba en la más absoluta oscuridad.

De repente, vio cómo una luz descendía del cielo. Parecía una estrella fugaz, pero esta no se perdió en el horizonte, sino que siguió zigzagueando hasta que se acercó a la altura de los ojos del muchacho.

Paradójicamente, Nauzet estaba tranquilo. Recordaba su sueño, en el que había visto aquella misma luz. A través de ella visualizó las pirámides y la ciudad de El Cairo. Se acordaba de que en aquel momento había sentido temor, pero ahora, en cambio, estando despierto y mirando de frente aquella maravillosa luminiscencia, sentía una paz en su interior que jamás había experimentado.

—Hola, Nauzet —le habló una voz celestial.

—Hola —contestó Nauzet sin dejar de mirar aquel objeto luminoso—. ¿Quién eres?

—Soy la causa de que hayas hecho este viaje hasta aquí. Soy un mensajero de buenas nuevas, soy eternidad, soy amor, soy esperanza, soy polvo de estrellas, soy de lo que están hechos los sueños. Soy todo eso y más…

—¿Por qué me has traído hasta aquí? —le replicó Nauzet.

—Eres el elegido para llevar un mensaje muy especial al mundo. ¿Por qué tú? Porque eres un ser especial, eres diferente, eres único. Eso no quiere decir que no tendrás dificultades, como ya te has podido dar cuenta en este viaje. Algunos intentarán acallarte, incluso te insultarán, te odiarán, pero tú debes ser firme en tus convicciones, en tu mensaje de libertad, respetando siempre las leyes universales, la naturaleza de tu ser y la tierra que pisas. Debes llevar el mensaje de que el ser humano ha nacido libre primeramente a los tuyos, luego a tu país y de ahí se extenderá a las naciones. La preparación académica es necesaria, pero siempre y cuando se respete el derecho del ser humano a pensar, a sentir, a decidir, a imaginar, a ser creativo y no dejarse manipular por sistemas creados por el hombre que no tienen en cuenta la libertad del ser. Sistemas que han hecho del hombre un esclavo de sí mismo y que le han hecho olvidar su verdadera naturaleza, engendrando hijos en muchas ocasiones sin principios ni valores, que en su momento los hará enfrentarse entre sí por dinero, tierras, herencias y demás sinsentidos. Debes abrirles los ojos, sobre todo, a los jóvenes como tú, porque vosotros sois el futuro, sois el legado. Es en las futuras generaciones donde debemos enfocarnos, porque es a ellos a los que debemos cambiarles el paradigma de mediocridad mental, de competencia desleal por un nuevo paradigma de cooperación para que la raza humana pueda seguir trascendiendo durante millones de siglos más, viviendo en paz y en armonía.

»Tienes ante ti un gran reto, Nauzet, hijo de Tinerfe. Pero estamos seguros de que estás listo y preparado para llevarlo a cabo, porque sabemos de tu fortaleza. Provienes de un linaje de grandes reyes (menceyes) que un día lucharon por sus creencias, por su tierra y por su vida, derramando su preciada sangre en esa tierra canaria bendecida por Dios. Ahora es tu momento. En estos tiempos de oscuridad, tú vas a ser esa luz de esperanza que guiará a la humanidad. Tu mensaje calará hondo en las conciencias de todos los que te escuchen. Y será como un despertar para que la humanidad cambie y podamos entrar en una nueva era de luz, de amor y de esperanza para poder trascender generación tras generación en familias con valores y libres, tanto económica como espiritualmente.

—¿Y cómo voy a hacer todo eso? —preguntó Nauzet intrigado.

—Pues… Estudiarás o no una carrera universitaria, eso lo decidirás tú, pero sin perder de vista tu misión. Llegará un momento en que tú mismo, tu intuición, tus sueños te dirán qué debes hacer para no quedarte acomodado en un empleo o un negocio anodino donde no puedas demostrar tu enorme don de servicio hacia los demás. Y es ahí donde empezarás a buscar nuevas opciones, nuevas oportunidades con las que poder alcanzar tu máximo potencial. Cuando eso ocurra, tu corazón, tu mente y todo tu ser se enfocarán en ese objetivo, y eso hará que tu compromiso, tu visión y tu determinación arrastren a muchas personas que andan perdidas sin rumbo ahí fuera.

—Así será —confirmó Nauzet—. Deseo fervientemente con todo mi corazón que todo se cumpla como has dicho y que siempre estés conmigo, por si en algún momento pierdo el rumbo, me puedas guiar.

—Querido Nauzet, desde el mismo momento en que naciste, nosotros hemos estado contigo, al igual que con cada ser humano que habita la Tierra. No eres el primero al que hemos hecho venir hasta aquí; a muchos antes que a ti les hemos hecho el llamado. Algunos les han hecho caso a las señales, mientras que otros se han perdido en la oscuridad de su propia existencia por no querer ver más allá de lo que tenían delante. Otros, en cambio, con sus acciones han podido hacer cambiar a generaciones enteras y, a día de hoy, se les recuerda y se les recodará por siempre. Son humanos muy especiales que entendieron cuál era su cometido en el mundo y que no se dieron por vencidos hasta que lo consiguieron.

—Pues yo, Nauzet, me comprometo conmigo mismo y con ustedes a llevar a cabo mis metas y mis sueños vehementemente sin dudar en ningún momento de mi capacidad como ser humano. A utilizar mis dones y talentos en pos de ayudar al máximo número de personas para que puedan sacar su máximo potencial y ponerlo al servicio de la humanidad.

Mientras Nauzet hacía aquel juramento, la luz se fue disipando ante sus ojos, hasta quedarse nuevamente solo mirando la inmensidad del cielo. Su corazón latía fuerte.

Estaba feliz, había encontrado en la meseta de Guiza, al pie de las pirámides de Egipto, su destino por fin. El viaje había valido la pena.

Su madre tenía razón, hay que seguir siempre las señales porque estas te llevan siempre hacia tu destino. Se acordó de las palabras que le había dicho su amigo Ibrahim y se alegró por cómo todo cobraba sentido.

Ahora solo quedaba ponerse en marcha, regresar a su país, a su tierra, y ponerle acción y pasión a todo lo que le habían transmitido. ¡Inshallah!

Notas del autor

1. Aulaga: Arbusto espinoso, postrado o erecto, de ramas esparcidas, hojas caducas, elípticas o lanceoladas, flores de color amarillo claro y fruto en legumbre alargada, de color pardo claro; puede alcanzar los 60 cm de altura.

2. Plocama Péndula (balo): Es una especie arbustiva perteneciente a la familia de las rubiáceas endémica de las islas Canarias.

3. Nauzet: Es un nombre de origen guanche que significa 'guerrero en todas las batallas'.

4. Tirma: Nombre femenino canario que significa 'montaña sagrada' en lengua guanche. Deriva de la expresión «Atis Tirma», usada por los aborígenes canarios en tiempos de la conquista por parte de la Corona de Castilla. Al verse sitiados por los españoles, los guanches saltaban al vacío desde las montañas para no ser sometidos, gritando esta frase que se puede traducir como 'por ti, montaña sagrada'.

5. Adjoña: Nombre masculino de un aborigen guanche de la isla de Tenerife. Mencey (rey) de Abona en tiempos de la conquista por el reino de España de la isla en el siglo XV.

6. Guanches: Es el nombre que se aplica a los antiguos aborígenes de la isla de Tenerife (Canarias, España). Ellos eran los habitantes antes de la conquista castellana en 1496.

7. Salto del pastor: se denomina salto del pastor canario, también conocido coloquialmente por «brinco», al acto de desplazarse por el terreno con la ayuda de una madera cónica acabada en una punta metálica, que es la que se apoya en el suelo.

8. Pintaderas guanches: Las pintaderas canarias son objetos hechos de arcilla o barro cocido, principalmente, aunque hay algunas de madera que fabricaban los guanches. Tienen formas geométricas, triangulares, circulares y a su vez están decoradas con más figuras también geométricas estampadas en ellas. El objetivo del uso de las pintaderas por parte de los aborígenes está por confirmar. La hipótesis más probable que esgrimen los investigadores es la que expone que las utilizaban como sellos, para decorar sus cuerpos a modo de tatuaje, o como identificación personal o familiar. También las utilizaban para marcar los graneros y así distinguirlos de los demás.

9. Pella de gofio: La pella o pella de gofio es una elaboración alimenticia de origen humilde que forma parte de la dieta tradicional de las islas Canarias. Se suele elaborar mediante el amasado, en un lebrillo o zurrón, de una mezcla elaborada básicamente con gofio, agua y sal.

10. Yeray: El nombre de Yeray es de origen canario o guanche. Su significado es 'el grande' o 'el fuerte'.

11. Tizón: El lagarto de Canarias occidental o lagarto tizón es una especie de la familia *Lacertidae,* endémica de las islas de Tenerife y La Palma.

12. Estiradera canaria: Es una rama portátil pequeña que se utiliza para lanzar proyectiles, generalmente, pequeñas piedras.

13. Piano (pájaro): El camachuelo trompetero es un fringílido endémico de las islas Canarias. Es una de las especies mejor adaptadas a los ambientes desérticos, pero que necesita desplazarse a diario para encontrar puntos con agua dulce.

14. Falsete: Trampa para cazar pájaros, constituida por una jaula con uno o varios compartimentos laterales que tienen una tapadera sujeta con un palo pequeño, que cae al entrar un pájaro.

15. Picón (piedra): El *lapilli* (pequeñas piedras) es un término de clasificación de la tierra según su tamaño. Constituido por fragmentos piroclásticos expulsados por un volcán durante una erupción y tiene un diámetro variable de 2 a 64 mm.

16. Jilorio: Sensación de malestar en el estómago producida por ganas de comer. «Como no había cenado, el jilorio no lo dejaba dormir».

17. Chazos: Pedazo, remiendo. «Con unos chacitos de madera, dejo la chalana como nueva».

18. Traje de mago: Los trajes típicos de las islas Canarias son un conjunto de modelos de vestimenta que se han conservado como los más representativos de las islas del archipiélago. Existen pequeñas peculiaridades que permiten diferenciar a los habitantes de una isla de los de otra e incluso, a veces, de las distintas localidades o comarcas.

19. Tinerfe: Tinerfe, conocido con el apelativo «el Grande». Es el nombre de un aborigen guanche de Tenerife (islas Canarias). Último rey o mencey de todas las islas antes de su división en nueve menceyatos. Se estima que vivió a finales del siglo XIV.

20. Presa canario: El presa canario es una raza de perro de presa española de gran tamaño, poderoso y resistente, originaria de las islas Canarias.

21. Destiladera: Pila o piedra de destilar, es un gran recipiente de piedra arenisca porosa y forma semiesférica, que hace de filtro para el agua de la lluvia recogida, convirtiéndola en agua potable.

22. Manta esperancera: La manta esperancera es una prenda en forma de capa tradicional de los campesinos de la isla de Tenerife. La manta es siempre de color pastel o beis y tiene en la parte inferior sin rozar el borde una serie de franjas alternas con el fondo beis de tonalidades azules.

23. Menceyatos: El menceyato era la unidad política y territorial en que se dividía la isla de Tenerife antes y durante la conquista de los españoles. Estos territorios, dirigidos por menceyes (reyes) y controlados por un grupo con vínculos familiares, contaban con los suficientes recursos naturales para la subsistencia de la población y eran defendidos frente a los otros menceyatos.

24. Mohamed: Es un nombre masculino de origen árabe que significa 'el que merece ser alabado'.

25. Adib: Nombre de origen árabe que significa 'persona educada y culta'.

26. Medina: Barrio antiguo de una ciudad musulmana, especialmente del norte de África.

27. Ibrahim: El nombre de Ibrahim es de origen árabe, específicamente libanés. Significa 'padre de muchos'.

28. Inshallah: 'Dios lo quiera'.

29. Fokker: Fue un fabricante de aeronaves de los Países Bajos. La empresa se fundó en 1912 por Anthony Fokker (1890-1939), que establecido en Alemania en 1910 a la edad de veinte años, construyó su primera compañía, Fokker Aeroplanbau, en Berlín.

Sobre el autor

José Dorta (Teques, Venezuela, 1971). De padres españoles que emigraron durante la dictadura, su familia decidió regresar a España en 1979, cuando el autor tenía ocho años, concretamente a Tenerife, islas Canarias. Cursó estudios elementales en el C. P. Juan García Pérez en San Isidro (Granadilla de Abona) y se formó como Técnico en Energías Renovables por la Universidad Camilo José Cela.

En la actualidad pertenece a un equipo a nivel internacional que forma a personas en el liderazgo a través del crecimiento personal.

Página web: josedorta.com

9 788419 092434